斜め読み
小林一茶

藤田 恭子
FUJITA Kyoko

文芸社

斜め読み小林一茶　目次

プロローグ

門弟の一人　西原文虎（一七八九～一八五五）が　一茶を語る
「仰々此翁、天性清貧に安座して、世を貪る志露ばかりもなし。其の徳をしたひ其句をしたふもの、国をこへ境をこへて草扉をたゝく。さればこそ俳諧の李白、涎もすぐに句になるものから、一樽の酒に一百吟、その句のかるみ、実に人を絶倒せしむ。世挙って一茶風ともてはやす」（「一茶翁終焉記」）

親なし　巣なし鳥の一茶は歩く
親を求め　心の故郷求め
淋しさ　ひとりぼっち　背負って　一茶は歩く

うしろから大寒小寒夜寒哉
七番日記　文化八年

雁よ雁いくつのとしから旅をした
七番日記　文化一三年

一茶は俳諧師　詠みながら歩く　歩いて詠む

名月をとってくれろと泣子哉　句稿消息　おらが春　文化一〇年

痩蛙まけるな一茶是に有　七番日記　浅黄空　文化一三年

雀の子そこのけ〳〵御馬が通る　おらが春　八番日記　文政二年

我と来て遊べや親のない雀　おらが春　文政二年

やれ打《うつ》な蠅が手をすり足をする　梅塵《ばいじん》八番日記　文政四年

年を経ても　歩き詠み続ける

けし（芥子）提《さげ》てけん嘩の中を通りけり　文政句帖　文政八年

淋しさに飯をくふ也秋の風　文政句帖　文政八年

土蔵住居にて

やけ土のほかり〳〵や蚤騒ぐ　文政一〇年閏六月一五日付春耕《しゅんこう》宛書簡

耕《たがやさ》ずして喰《くら》ひ、織《おら》ずして着る体《てい》たらく、今まで罰のあたらぬもふしぎ也

花の影《陰》寝まじ未来が恐しき　文政九・一〇年句帖写　文政一〇年

悟りも出来ず　歩き続ける

露の世は得心ながらさりながら　七番日記　文化一四年

露の世ハ露の世ながらさりながら　おらが春　文政二年

Ⅰ　宝暦・明和・安永前～中期　～誕生から離郷～

江戸時代後期

信州柏原宿

そこは　信濃国水内《みのち》郡柏原村（現：長野県上水内《かみみのち》郡信濃町）
北国街道の信州・越後国境の一宿場町
様々な人・物が往来する
文人墨客《ぶんじんぼっかく》が通り　佐渡で産出された金銀が通る
北陸諸大名参勤交代の　休憩地・宿泊地
二千人を超える大集団の加賀藩参勤交代が通る

村民のほとんどは　真宗門徒で　菩提寺は明専寺《みょうせんじ》
そして
この北信濃地方では　代々その財産相続は　兄弟で均等配分するのが慣習

一歳　宝暦一三年（一七六三）

誕生
五月五日　その信州柏原宿に私は誕生
名は　小林弥太郎　名乗り信之
父は小林弥五兵衛（三一歳）　母はくに（年齢不詳）

読み書きが　大好きで
長じて

しっかり日記を付け　多くの句集を作り
交流した人々との書簡・句を丁寧に記録し保存
生涯詠んだ句は二万句以上
ほとんどを記録し　残した

小林家

私の生まれた小林家は柏原宿内でも草分け的存在
代々小林姓を名乗る
真宗門徒で　菩提寺は明専寺《みょうせんじ》
父・小林弥五兵衛は　持ち高六石五升の本百姓（村内　中の上）
母くには　柏原の支村　二之倉の村役人筋の宮沢家出身
家族は　ほかに祖母（父の母）かな（五三歳）
父は　農業のほかに街道での駄賃稼ぎの許可札を貰っていて
持ち馬を使って街道で稼いでいた

本陣　中村家

当主は代々俳諧をたしなんだが
当時の当主は六左衛門　新甫《しんぽ》という俳号を持つ俳諧師
度々句会を催し旅人をもてなしていたよう
また家塾を開いて　宿内の子どもたちに読み書きを教えていた
私は　俳諧をここで知ることに

三歳　明和二年（一七六五）

母くに没
八月一七日　母くにが亡くなった　母の記憶はおぼろ
日々農作業・街道での仕事に　忙しく働きまわり

厳しいけれど大好きな父と
優しく面倒を見てくれる祖母がいる
でも　何となく不安で　うすら寒い背中

親なしは　ひとりぼっち

親なしはひとりぼっち
空を　雲を　連なる山々を眺め
地面に寝そべって
虫々　花々に　大好きな　蝸牛《かたつむり》　蛙　馬　鳥　雀たちに呼びかける
「親はいるのかな　親なしいるのかな
親を捜しに　雲や川と流れて行かないの」
いつしか　私は大好きな　蝸牛　蛙　馬　雀になっている

六歳　明和五年（一七六八）

五七五の芽生え

本陣の中村家の家塾に通い始める
イロハから　日本の古典　漢籍などいろいろ
きちんと習い始めた
知らないことを知るのは　楽しいこと
読むことも　書くことも大好きに
五七五のことばあそびも楽しい
雀・馬から小さな虫　小さな花まで　呼びかける
青い空　流れる雲　山々　川の流れに　呼びかける
そんな気持ちを　五七五にすることは難しい

でも考えることは楽しい

雀は　たくさん飛んでいる
子雀は親と餌を啄《ついば》む
一人で餌を啄む雀の子に　呼びかけてみた
ひとりぼっちの雀さん　遊ぼうよ　逃げないで逃げないで
後年「**我と来て遊べや親のない雀**」という五七五に

馬は親子仲良く歩く
母馬は仔馬を　優しく見守る
でも　仔馬・仔牛は　ある日親から離され　売られていく
母も子も　可哀そう　涙が浮かぶ
馬の母のやさしさ　引き離される馬や牛の親子の哀しさ
後年いくつもの五七五に

母馬が番して呑す清水哉　　おらが春　八番日記　文政二年
馬の子の古郷はなる丶秋の雨　　享和句帖　享和三年
秋の雨乳ばなれ馬の関こゆる　　文化句帖　文化元年
冬枯や親に放れし馬の顔　　文化句帖　文化二年
牛の子が旅に立也秋の雨　　七番日記　文化八年

八歳　明和七年（一七七〇）

父の再婚

上水内郡三水村倉井から　後の母　はつが来た
何故か　馴染めない
私が馴染まないからか　後の母も　私を邪魔扱い

長月庵若翁との出会い

この八歳ごろ　長月庵若翁《ちょうげつあんじゃくおう》という俳諧師が　本陣の中村家に滞在
肥前の国から　いろいろな国を旅して　俳諧を教えている人
中村家の子どもたちと一緒に俳諧を習った
五七五に気持ちをまとめる遊びに夢中の私に
彼は　句を作るにはまず
様々な日本の古典（古事記　万葉集等々）種々の漢籍をはじめ
世にある現代の書物などをも読み知ることが必要と　教えてくれた
長月庵若翁に憧れを持ったが　やがてまた　彼は　旅にでた

一〇歳　安永元年（一七七二）

弟の誕生　継母への反発

五月一〇日　義弟・仙六が生まれる
仙六が生まれると　私は子守ばかり
みんながやることなのだが
私には　後の母の私への当てつけとしか思えない
農作業の手伝い以外は　読み書きがしたい
いやいやと思いながらやっているから　仙六も私になつかない
仙六に何か良くないことが起きると　全て私のせいになり
後の母は　私を叱り　父に言いつける
父は　私を叱る　叩いたりもした　顔など腫れ上がることも
祖母が見かねてかばってくれる
そんな毎日が　五年続いた

一三歳　安永四年（一七七五）

長月庵若翁との再会

長月庵若翁が　再び　柏原へ
明専寺に逗留し　学塾（寺子屋）を開いた
私も仙六をつれ　此の学塾に通い始める
若翁にまた会えた　何となく　心がざわつく

一四歳　安永五年（一七七六）

祖母かな没

八月一四日
私の杖　柱だった祖母が亡くなった（享年六六歳）
それは　私の心をどん底に
もう生きて行けない
間もなく　私は　全身火に焼かれるような疫病に罹る
まわりの人々は　いのちがなくなると思ったよう
私も人も念仏ばかり唱えていた

でも　三七日過ぎる頃から回復傾向に

一五歳　安永六年（一七七七）

離郷

「このままでは　弥太郎がいつ死んでしまうかわからない
一時期家を離れることによって　弥太郎と義母の仲が改善するかもしれない」
と　父は考えて
病が癒えた一五歳春　父は私を　江戸へ奉公に出した
父は　牟礼迄送ってくれ
「毒なものは食うなよ　人に悪く思われるなよ
早く帰って元気な顔を見せてくれ」と　別れを惜しんだが
父の言葉は上の空
私は放り出されたのだ　捨てられたのだ　継母のために

Ⅱ　安永後期・天明期　～放浪から俳諧の道へ～

一五～二四歳　安永六年～天明六年（一七七七～一七八六）

放浪

江戸に出た私は
寺院　柏原出身の医師　谷中の書家市川氏　等で奉公
奉公先の事情　仕事内容　自分の思いなどから奉公先を転々とする
辛いこともあったが　奉公人として必要な学問・書などは習い覚えた

大川立砂との出会い

天明二年（一七八二）　一〇歳ごろ

馬橋の油商に奉公していた
主人は大川立砂《りゅうさ》（葛飾派今日庵元夢《こんにちあんげんむ》門下の俳人）
立砂は俳諧がある程度できる私に　俳諧を教えてくれた
俳諧をたしなむには
古典・漢籍など学問　書（「書くこと」）が必要と指導してくれる
もともと書くこと・読むことが好き
古典や漢籍を　読みあさり　書も懸命に練習
立砂の子斗囿《とゆう》も　私を大切に接してくれる
立砂は　私の第二の父・庇護者
やがて　立砂のはからいで　元夢門下になる

俳諧師としての出発

天明年間
はっきり覚えはないが　立砂の元を離れ

葛飾派のリーダー　江戸浜町の溝口素丸《みぞぐちそまる》（渭浜庵《いひんあん》）のもとで
宗匠見習を始め　執筆《しゅひつ》になり
葛飾派・二六庵竹阿《にろくあんちくあ》の内弟子にもなっていた
高名な俳人　加舎白雄《かやしらお》（寛政三年没）大島蓼太《おおしまりょうた》（天明七年没）にも師事
名も　一茶とか圯橋《いきょう》とか菊明《きくめい》とか　号を使うようになる
後々も　面白い言葉を見つけると　号として使う
なぜ一茶？
　私の人生は一椀の茶や泡沫のようなものと考えて
圯橋《いきょう》は　土橋の事だが　劉邦の軍師になる漢の張良《ちょうりょう》が
下邳《かひ》の土橋の上で黄石公《こうせきこう》から兵法書を授かったという故事にあやかった
私が　俳諧を師事されるようになった記念名

二五歳　天明七年（一七八七）

五月　江戸　大坂で打ちこわし　六月　寛政の改革始まる

句が載る　一

春　佐久の新海米翁《しんかいべいおう》米寿記念集『真左古《まさご》』に

「渭浜庵執筆《いひんあんしゅひつ》一茶」の名で「松に寄せた長寿の祝句」が一句載った

我ながら　心の籠ったいい句になった

是《これ》からも未《ま》だ幾《いく》かへりまつの花　　真左古　天明七年

一一月　私の師のひとり　江戸の二六庵竹阿《にろくあんちくあ》のもと

「小林圯橋《いきょう》」号で　連歌秘伝書『白砂人集《はくさじんしゅう》』を書写

二六歳　天明八年（一七八八）

句が載る　二

四月には　元夢編『俳諧五十三駅』に菊明《きくめい》号で十二句載った
其の一句
春と秋　年二回　江戸で年季奉公人が交替することを　出代《でかわり》という
信州人も　新しく来る奉公人と　故郷へ帰る人が交替する
その様子を詠む

掛川
出代《でかはり》や蛙も雁も啼《なき》別れ
俳諧五十三駅　天明八年

この年　法眼苔翁《ほうげんたいおう》より『俳諧秘伝一紙本定《いっしほんじょう》』を譲られ
その表紙に「今日庵内菊明」　奥書に「蝸牛庵《かぎゅうあん》菊明」と署名

「蝸牛庵」は　小さなころ大好きだった蝸牛から

Ⅲ　寛政期（一）　～奥羽行脚　常陸・下総行脚～

二七歳　寛政元年（一七八九）

句が載る　三

一月に　元夢門玄阿の立机《りっき》記念集『はいかい柳の友』に「今日庵執筆菊明」として一句載る

王維の有名な詩：「渭城ノ朝雨軽塵ヲ浥ス　客舎青々柳色新タナリ　君ニ尽セ一杯ノ酒　西ノカタ　陽関ヲ出ヅレバ故人無カラン」（送元ニ使安西）をふまえて別離の悲しみを詠んだ

振り替る柳の色や雨あがり　　はいかい柳の友　寛政元年

句が載れば　名前とどんな句を詠むか　覚えてもらえる

奥羽行脚

農民の子として生まれたが　古郷を追い出され　農民にはなれない
「一流と言われる俳諧師になろう」と　心に誓い
古典　漢籍など　ひたすら学問をするとともに
・俳諧の力をつける
・諸国の俳諧師と交流し名前を知ってもらう
・名所旧跡を訪れ句題材を探し出す　　ために
「諸国を行脚したい」と　切実に思うようになる
八月一〇日　秋田象潟へ旅し　汐越に宿泊
『旅客集』に二句載せ「東都菊明坊一茶」と揮毫《きごう》

象潟や嶋がくれ行く刈穂船　　旅客集　寛政元年

象潟や朝日ながらの秋の暮　　旅客集　寛政元年

元夢編集『俳諧千題集』には「菊明」号で句が載った
象潟は秋だったが
敬慕する芭蕉の「松島は笑ふが如く、象潟は恨むが如し。寂しさに悲しみを加へて、地勢、魂を悩ますに似たり」（奥の細道）を踏んで

象潟もけふは恨まず花の春　　俳諧千題集　寛政元年

他に謡曲調で

木々おの〱名乗り出たる木の芽哉　俳諧千題集　寛政元年

この時の紀行文『奥羽紀行』を執筆したのだが　後に残っていないよう

二八歳　寛政二年（一七九〇）

江戸生活

奥羽から帰り江戸の素丸の下で暮らす
三月一三日　本所竹屋弥兵衛方で師二六庵竹阿没（享年八一歳）
遺品「二六庵」の印を引き継いだ
師没後まもなく『其日《そのひ》ぐさ』（竹阿句文集）を書写し「菊明坊一茶書写」と署名
「二六庵」「一茶」の印を捺した　以後享和期まで二六庵を称す
また　渭浜庵素丸の『我泉《がせん》歳旦帳』刊行に執筆を務めた（寛政三年刊）
執筆を務めたり　師たちの句集など書写したり
たくさんの人たちの　多くの句を読み知ることは

俳諧の学習の一つ
でも　師竹阿は教える（『其日《そのひ》ぐさ』より）
「必ず人の俳諧を学ぶべからず　己が俳諧を習ふべし」
難しい教えだが

写すばかりではないよ　自分の句も　作る
湯島天神で　遠眼鏡をのぞいたとき　遠眼鏡を一回のぞくのに三文
ちなみに　かけそば一杯一六文の時代
でも　霞で見えなかった　三文はらって霞をみたよって感じ
見えないと判っていたはずなのに　遠眼鏡なら見えるかとのぞいた
三文の値打ちもない男だな

白日登湯台
三文が霞見にけり遠眼鏡　　寛政句帖　寛政二年

その他

今迄は踏れて居たに花野かな　秋顔子　寛政二年
山寺や雪の底なる鐘の声　雪の碑　寛政二年
等々

二九歳　寛政三年（一七九一）

常陸・下総行脚

三月二六日　父の病気を知り　帰郷することに
先ず旅費を稼ぎ　餞別も戴くため
素丸宅から　常陸・下総の葛飾派の知己を訪ねる旅にでる
常陸・下総は　二〇歳ごろから親しんだところ
葛飾派は　上総・下総・安房・常陸に勢力を持つ

此の旅に出るとき詠む
乞食は春になると仕事始め　私もさあ仕事始め旅に出るぞ
　雉鳴いて梅に乞食の世也けり　　　寛政三年紀行　寛政三年
旅にて　私もまだ青二歳の俳人　（蛙＝私一茶です）
　　新川枕流亭に舎《やど》る
　青梅に手をかけて寝る蛙哉　　　寛政三年紀行　寛政三年
布川の馬泉宅（仁左衛門宅）を訪ねた時
その家は豪奢　景色も申し分ない美しさ　花鳥風月揃っている
咲いた蓮の花　これを愛でて悟る仏道を求める心を　詠むべきなのに
私はこんな句をつくってしまう「景色の罪人」だなあ
　蓮の花虱《しらみ》を捨つめるばかり也　　　寛政三年紀行　寛政三年
松風庵玉斧《ぎょくふ》を訪問し『松風庵客名録』に揮毫

自分の名前を知ってもらうことも大切

柏原へ

四月八日には　江戸へ戻り
四月一〇日　本郷から中山道を柏原へ　旅立つ
一二日熊谷　平氏のあわれを想いながら
陽炎《かげろふ》やむつまじげなるつかと塚　寛政三年紀行　寛政三年
（蓮生山《れんせいざん》熊谷寺《ゆうこくじ》　つかは平敦盛　塚は熊谷直実　の墓）
一五日軽井沢　一六日上田　一八日古郷の信州柏原へ　一四年ぶりの帰郷
門の松も先つ、がなし夕涼　寛政三年紀行　寛政三年
父は元気を回復していて　後の母も弟も温かく迎えてくれた
この頃は
望郷の念はあったが　農民にはなれない
俳諧師として立つ　と考えていた

父には　俳諧修行のため西日本各地を回る予定を打ち明ける
この　常陸・下総～江戸～柏原の旅は　後に『寛政三年紀行』にまとめた

Ⅳ　寛政期（二）～西国行脚～

寛政四年から一〇年まで　四国・九州・関西等を行ったり来たり　旅廻り

寛政四年　九月　ロシア使節ラクスマン根室に来航

（漂流民大黒屋光太夫・小市・磯吉らを護送して）

寛政一〇年　六月　本居宣長『古事記伝』完成　勿論　読んだ

一二月　近藤重蔵蝦夷を探検

まず三〇歳　寛政四年（一**七九**二）

『寛政句帖』（寛政四年春～寛政六年までの句帖）を執筆開始

旅・行脚開始

師二六庵竹阿は　西国に知己が多く　四国・九州は竹阿の地盤
竹阿の残した『其日ぐさ』は地方行脚の情報や方法がまとめられている
三月　旧知及び諸国俳人の住所録『知友録』をまとめ
下総・上総・安房地方を廻り　俳諧仲間と交流
この頃　上総富津の織本夫妻との交流も始まった
織本氏妻・花嬌《かきょう》に
「この人は母のよう」　はのぼのとしたものを感じた

情け頼りで　旅費餞別を集め
三月二五日　西国へ旅立つ
西行や芭蕉を真似て　剃髪し僧形になり　ひのき笠をかぶり
　首途の時、薙髪《ちはつ》して
剃《そり》捨て花見の真似やひのき笠　　　　寛政句帖　寛政四年

東海道を　京へ
京坂地方を遍歴　俳句仲間を訪ね歩き　交流し　俳諧をする
「己が俳諧を習ふべし」を胸に
馬の屁に目覚めて見れば飛ぶほたる　寛政句帖　寛政四年
通し給へ蚊蠅の如き僧一人　寛政句帖　寛政四年
をり姫《お》に推参したり夜這星《よばひぼし》　寛政句帖　寛政四年
七月　盆を淡路島で迎え　さらに歩き　四国へ

五梅との出会い
秋　専念寺《せんねんじ》（香川・観音寺市）住職性誉《しょうよ》和尚（五梅《ごばい》）を訪問
五梅は　二六庵竹阿門
たちまち意気投合　既知の友のように親しくなる
我が宿のようにふるまえる居心地の良い所だ

四国への旅は　厳しく　いつも家の中で眠れるわけではなかったからなあ

旅寝

四国俳諧師間に大きな力を持っていた師二六庵の弟子を強調し
「東部二六庵一茶」を名乗って旅をしたが　宿泊を断られることも度々

夏の夜に風呂敷かぶる旅寝哉　　寛政句帖　寛政四年

貧家

寒き夜や我身をわれが不寝番《ねずのばん》　　寛政句帖　寛政四年

山寺や木がらしの上に寝るがごと　　寛政句帖　寛政四年

外は雪内は煤《すす》ふる栖かな　　寛政句帖　寛政四年

まあ自分から望んでしている旅だけど　寒いなあ　淋しいなあ

我好《すき》で我する旅の寒さ哉　　西国紀行書込　寛政四年

年末　九州へ向かう

三一歳　寛政五年（一七九三）

熊本で新春

一月一日　正教寺《しょうきょうじ》（熊本・八代）で新春を迎えた
この時の住職法侶《ほうりょ》は文暁《ぶんぎょう》と号する俳諧師
彼は上方や名古屋の俳人とも交流するほど有名人
彼は　私を温かく快く迎え入れてくれ　雑煮を振舞ってくれた
温かい　美味しい　雑煮
侘しい孤独な旅の途中の　ほっとするひと時
祖母と父と食べた雑煮を思い出し　涙がにじむ

癸丑《きちゅう》歳旦

君が世や旅にしあれど笥《け》の雑煮　　寛政句帖　寛政五年

『万葉集』有間皇子の歌
「家にあれば笥に盛る飯《いひ》を草枕旅にしあれば椎《しひ》の葉に盛る」を思い出し
ありがたさいっぱい　君が世は　ありがたいなあ
この頃から『万葉集』『古今和歌集』などを本歌とする句を詠み始めた

しかし　夜の宿確保　三度の食事さえ　ままならない旅は続く
孤独感が身に染みる

秋の夜や旅の男の針仕事

寛政句帖　寛政五年

長崎

九州各地を経て長崎へ
ここは　雰囲気が違う
異国の風情がある　そして私は日本を意識する
そういえば　昨年ロシアの使節が根室にやって来たな

漂流し異国へ行き　生きて帰った人もいる
異国　心に引っかかるが
君が世（徳川の世）では
キリシタン墓地が　もう茂みの中に埋もれている
南蛮風の寺へも伊勢暦を配る
唐人屋敷の中国人も日本の新年の年中行事にとけこんでいる
その年越しに集まった中国人と日本の女性が雑魚寝《ざこね》する
なんて　異国が日本に　溶け込んでいる

君が世や茂りの下の那（耶《や》）蘇《そ》仏　寛政句帖　寛政五年
君が世や寺へも配る伊勢暦《いせごよみ》　寛政句帖　寛政五年
君が世やから《唐》人も来て年ごもり　寛政句帖　寛政五年
から《唐》人と雑魚寝《ざこね》もすらん女哉　寛政句帖　寛政五年

日本はいいな　と確認
江戸に帰ってからも　長崎の話が出ると　すぐ聞き入ったものだ

さらに　九州各地を回り　また四国へ　著名な俳諧師らと交流

三二歳　寛政六年（一七九四）

またまた　九州各地を行脚

望郷

望んだ旅だが　旅をしながら　孤独感は強くなる
帰る所はない身　古郷への思いが　つのる

初夢に古郷を見て涙かな
寛政句帖　寛政六年

年末　再び四国へ

三三歳　寛政七年（一七九五）

七月二〇日　素丸没（享年八三歳）

専念寺で新春

一月　専念寺（香川・観音寺市）で新春を迎える

元日やさらに旅宿《はたご》とおもほえず

五梅のもてなしは心が和む

一月八日　伊予へ花見に行き　九日土居町入野の山中時風を訪ねる

その際　風早難波《かざはやなんば》村（松山）最明寺《さいみょうじ》の住職・俳人茶来《さらい》（竹阿の弟子）を訪ねた

が、すでに他界

後の住職は宿泊を許さず　途方に暮れ

朧ゝふめば水なりまよひ道　　西国紀行　寛政七年

と詠んだが
まもなく近隣に住む俳句愛好家の庄屋が快く泊めてくれた　温かい温泉
　道後温泉の辺りにて
寝ころんで蝶泊らせる外湯《そとゆ》哉　　西国紀行　寛政七年

伊予　栗田樗堂

一五日　伊予（愛媛・松山）の栗田樗堂《くりたちょどう》を訪問し　滞在
その間樗堂と連句　ときに歌仙を巻いた
鶯の咽にあまりて啼日哉　　樗堂
　菌一ぱいに春の地烟　　一茶　樗堂俳諧集
樗堂は酒造業を営んでいる伊予松山有数の富豪　全国的に名の知られた俳人
私を温かく迎え　以後庇護してくれるようになる

伊予滞在中は　伊予の俳諧師たちを訪問
師竹阿の交遊した俳諧師の多さに改めてびっくり
あわせて竹阿も足を運んだだろう古社寺など名所旧跡を訪ね
古典の関わりを確かめその感動を歌や句に詠み込んでいく

五梅との別れ　上方へ

三月　専念寺を出発
友人五梅との別れ　人の世の定めなきを思って
便《たより》なくば一花《いつくわ》の手向情《なさけ》あれや　　西国紀行　寛政七年

竹阿が長期間滞在した大坂・京都の俳諧師と交流するため
上方へ

香華庵升六・高桑闌更

三月一七日大坂着　香華庵《こうげあん》升六《しょうろく》を訪問　寄宿
この時　升六の庵で巻いた歌仙の発句　（一茶坊亜堂の号で）
広大な天と地の中を通り過ぎて行く旅人それは晩秋　私一茶です
　天広く地ひろく秋もゆく秋ぞ　　　たびしうゐ　寛政七年

三月二七日　大坂出立　河内などを歩く
この寛政七年一月から五月までの旅のまとめが『西国紀行《さいごくきこう》』（寛政紀行）
このころ　連句集『日々草』もできた

更に夏　京都東山の芭蕉堂の庵主　高桑闌更《たかくわらんこう》を訪問　歌仙を巻いた
闌更は芭蕉堂二世　医業の傍ら蕪村亡きあと芭蕉追悼法会を主催し
句集『花供養』を編集し蕉風復興に尽くしている俳諧師
升六も闌更の後を継いで芭蕉堂三世になり上方俳壇の重鎮となる俳諧師

この冬　再び大坂を訪ね　終夜炉辺で　蕉風とはと議論しながら升六に協力し芭蕉七部集第一の『冬の日』の注釈に精を出す　（『冬の日注解』の序文より）

『たびしうゐ』の刊行

秋　西国俳諧行脚の旅の句をまとめた　処女選集『たびしうゐ』刊行
句集を出すには　一句ごとに金を支払う
辛いこともあったが　多くの俳人と交流出来　認められ
友人・庇護してくれる人に巡り会い
そしてそれなりの収入が得られ　句集刊行が出来た
人の情けに感謝

急げ　義仲寺へ

その後　俳諧の宗匠になるための儀式に臨むことに

その儀式とは
芭蕉が葬られている近江膳所《ぜぜ》の義仲寺《ぎちゅうじ》で毎年催される芭蕉忌（時雨会という）
に参会し　庵主興行の連句に同座し　さらに発句を奉納すること

この時の連句は直後に刊行される『しぐれ会』を介して
全国の俳壇に知られることになる
だから　年に一度しかない機会を逃してはならない
一〇月一二日　大津義仲寺の芭蕉忌に駆けて行く
その焦る気持ちをそのまま献句

義仲寺へいそぎ候はつしぐれ　　　しぐれ会　寛政七年

・四国の巨匠樗堂《ちょどう》との交流
・上方きっての俳諧師芭蕉堂二世の闌更との両吟
・義仲寺時雨会の献句
などにより　名実ともに私は上方俳壇で認められた　一安心

大坂の各地を回り名所旧跡を訪ね　古典的名歌にふれ　句を詠んでいく
ここ上方でも　師竹阿が交遊した多くの俳諧師たちを訪ね回る
その多さに驚きながら

安井大江丸（後：大友大江丸）

そうした　俳諧師の中で安井大江丸《おおえまる》（一七二二～一八〇五）とは意気投合
私は　多大な影響を受けた
彼の軽妙洒脱な俳風は　蕪村亡きあと　大坂の俳壇を盛り上げていた

芭蕉忌や蠅の障子をたゝくにも　大江丸　しぐれ会
元日や鶯もなかでしづか也　大江丸　続明烏
さくさくと藁喰ふ馬や夜の雪　大江丸　秋風記

平家蟹に寄せて

その後さらに西へ山陽道を行く　周防《すおう》から長門へ
源平の合戦　平家の滅亡が　語り継がれていることに　感情を揺り動かされる
たとえば　長門壇ノ浦の合戦　平家は滅亡したのだが
このあたりでは　平氏の武装した姿に似ている蟹《かに》を平家蟹《がに》と呼ぶ

此あたりは、そのかみ元暦元年三月十八日、一門皆番（最）後の迹《にして》也、兜《かぶと》着ていかめしき蟹《かに》あり。平家蟹と云。幽霊と化してとがなき人ををびやかす《お》も、おほくは兵《つは》ものにを《お》なじければ、身は虫類に属しても平の姓を名乗［る］、是勇ならずや、忠ならずや。

蟹と成て八島を守［る］野分哉　「西国紀行　書込」寛政七年
平家蟹昔はこゝで月見船　「西国紀行」寛政七年
月やこよひ舟連《つら》ねしを平家蟹　「西国紀行　書込」寛政年中
月や昔蟹《かに》と成ても何代目　「西国紀行　書込」寛政年中
雁なくや平家自分の浜の家　文化句帖　文化元年

迎火やどちらへも向かぬ平家蟹　　七番日記　文化九年

方言への興味

この西国旅の途中も　江戸をはじめ各地の俳人との連絡を行い
情報を常に得る
またこの旅で「話し言葉の違い」＝「方言」に興味を持った
泊りや道を尋ねても　お互いに通じない
四国九州は勿論　同じ上方でも言葉が違う意味が違う
旅中こまめにしっかり　書き込みをしていく
話し言葉の違い　これは生涯を通して研究
後『方言雑集』をつくった

三四歳　寛政八年（一七九六）

再々度　四国へ

伊予の樗堂らと交流
夏　松山城の月見会（観月の会）に招かれて
松山の宜来亭《ぎらいてい》で句会　署名は「むさしの旅人阿道」と号して

松山御城にて良夜
人並に畳の上の月み哉　御桜　寛政八年

冬から翌春にかけて樗堂とたびたび両吟歌仙を巻く
旅笠を小さく見せる霞かな　丙辰元除春遊（「行脚一茶」と署名）寛政八年

一所不在

降雪に草履で旅宿《はたご》出たりけり　　樗堂俳諧集（「一茶」と署名）寛政八年

三五歳　寛政九年（一七九七）

樗堂宅で新春

伊予松山樗堂宅に滞在し新春を迎える
樗堂・麦二と私と三人で巻いた歌仙の発句
正月　子どもにかえって　遊びたい想いを

即興
正月の子供になりて見たき哉　　樗堂俳諧集　寛政九年

尾道から　京坂へ

春　伊予松山を去り　夏から秋にかけて　福山・尾道へ

尾道では長月庵若翁を訪ね　京坂へ
一〇月一二日　大津義仲寺の芭蕉忌に参会

三六歳　寛政一〇年（一七九八）

長谷寺で新春
一月一日　長谷寺（奈良県初瀬　真言宗）で新春を迎える
　此裡に春をむかへて
我もけさ清僧の部也梅の花　さらば笠　寛政一〇年

『さらば笠』刊行
春　大坂の升六のもとで半歌仙　上方から江戸へ立つことに
上方の俳諧師たちが　留別記念集『さらば笠』を刊行してくれた

『さらば笠』には
親交を結んだ東海道筋や四国・九州・中国と畿内の俳諧師
江戸や伊勢・伊賀・信濃・武蔵・陸奥南部の俳諧師まで寄句してくれ
闌更や大江丸も餞《はなむけ》として句を寄せてくれたが
五月　高桑闌更没

六月下旬から　大津　唐崎　堅田を歩き
七月下旬　まず木曽路（中山道）を経て　柏原に帰郷　父へ報告

V　寛政期（三）　～江戸生活再開　夏目成美との出会い～

三六歳　寛政一〇年（一七九八）続き

「急逓記」記録開始　「西国紀行書込」　江戸生活再開

八月下旬　江戸に帰りつくや
江戸周辺の俳諧師への挨拶
世話になった上方や四国・九州の俳諧師へ礼状書き
逆に西国からの書状の受け取りに追われる日々
それらを取捨選択して記録し「急逓記《きゅうていき》」と命名
以後も書状や句集などの往復は絶えなかった　それらを記録し続ける
「急逓記」は寛政一〇年～文化六年までの一一年分

それ以後は新たな来信録に切り替えることになった
また　古郷と旅の途中情景を合わせた句を
西国紀行に書き込んだ（西国紀行書込）

農民の子に生まれながら農耕せず
人から見れば気ままな旅をして　昼寝しながら田植え唄を聞けるなんて
ありがたい　もったいない
もたいなや昼寝して聞く田うゑ唄　　西国紀行書込　寛政一〇年
夕日を受けて　とんぼが　いっぱい飛ぶ　美しいなあ夢のよう
夕日影町一ぱいのとんぼ哉　　西国紀行書込　寛政一〇年
きりぎりすヨ　見たなあ　立ちしょんを
小便の身ぶるひ笑へきりぎりす　　西国紀行書込　寛政年中

江戸では　依然信州生まれの田舎俳諧師

深川周辺　堅川の借家仕まい
そこでは人々は　隣も家族　蚊や蚤との暮らし
満月に隣もかやを出たりけり　四月一九日鹿尾宛書簡　寛政一〇年
横町に蚤のござ打つ月夜哉　みつのとも　寛政一〇年

大川立砂と吟行

一〇月一〇日　馬橋の大川立砂と真間の手児奈堂の辺りを吟行した
嬉しいはずだが　何故か淋しい
夕暮れの頭巾《づきん》へ拾ふ紅葉《もみぢ》哉　立砂
紅葉《もみぢば》ゝや爺《ぢぢ》はへし折《をり》子はひろふ　一茶

三七歳　寛政一一年（一七九九）

この年正式に二六庵号の公称を許され
翌春刊『庚申元除春遊』等葛飾俳書に初めて「二六庵」号を使用
しかし　私の句は何か葛飾派から離れている

立砂との別れ

一月　浅草八幡町の旅籠《はたご》菊屋方で新春を迎え
三月下旬　甲斐方面へ旅
大川立砂はその旅立ちを　見送ってくれた

今さらに別《わかれ》ともなし春がすみ　一茶
又の花見も命なりけり　立砂

少し進み　見返ると　立砂がまだ　立ったまま見送っている
その姿　年を経られたな　切なくなる
五月初めに江戸へ帰り　その後　下総　上総などを歩き
一一月二日馬橋へ　立砂と再開したが　それは臨終の席だった

別れは必ずあるが　苦しい時代から衣食住を援助し
温かく大切にかわいがってくれた　もう一人の父　立砂
追悼を込め　「挽歌」を執筆
　今さらに別ともなし春がすみ　　　挽歌
　炉のはたやよべの笑ひがいとまごひ　挽歌

三八歳　寛政一二年（一八〇〇）
　「大坂の俳人番付」の五段目（下位だが）に「前頭江戸一茶」で登載

夏目成美との交流開始
江戸きっての俳諧師　夏目成美《なつめせいび》が私に着目
彼は浅草蔵前の札差　江戸俳諧の重鎮　彼の句は　清雅で繊細優美
彼は身体が不自由で　全国行脚できないが

彼のもとには　全国の俳人たちの句集や情報が蓄積されていた　その量は膨大
やがて私の庇護者に　後　私の句の添削者にもなる人（『句稿消息』）
成美宅でよく世話になり　かなり長く逗留したことも
家事手伝いなどもした

まず　彼との出会いから
二月二七日　夏目成美と出会い　歌仙を巻き
雉鳴て朝茶ぎらひの長閑哉　成美
二葉の菊に露のこぼる、　一茶　（「連句」）
成美に認められるように

Ⅵ　享和期　～父の終焉　遺産相続争い　関東行脚の始まり～

三九歳　享和元年（一八〇一）

二月　空海著・覚明注『三教指帰注《さんごうしき》』を入手し「一茶園木兆」と署名

この年を限りに葛飾派俳書に「二六庵」号を使わなくなる

父の終焉

三月帰郷し　久保田春耕《しゅんこう》らと歌仙を巻き

花じゃもの我もけふから三十九　と春興句を詠んでいたが

四月二三日　父が畑仕事中　突然倒れる　火に触るような熱さ

翌日　友竹葉《ちくよう》から薬をもらうが効果なし

父の終焉日記　享和元年

四月二六日　野尻の医師に　陰性の傷寒
もうだめだろうと診断された
言いようがなく淋しく落ち着かない
五月雨《さつきあめ》雨とて空をかざす哉
四月二九日　看病中　父から財産分与の遺言状をもらう
それが　以後の義母・弟仙六との対立をどうしようもなく深めることに
父は　善光寺の道有《どうゆう》の診療を受け　病状は一時快方にむかう
田植え時で忙しく　農業をしない自分が　昼夜看病し父に付き添った
父は付き添う私の健康も気遣ってくれる
五月六日　江戸へ奉公に出した経緯　気持ちを　つれづれ話をしてくれ
会えて看病してくれることに感謝と　もう妻を娶れと願いも
私も「やがては弥太郎に戻り草を耕します
今迄のいい加減な暮らしを許してください」　など返事
父はとても喜んでくれたが

一五日ごろから様態悪化
寝すがたの蝿追ふもけふがかぎり哉　父の終焉日記　享和元年
五月二一日　父は亡くなった（享年六九歳）　法名宗源（宋原）

思えば一四歳の春の暁　しょんぼり家を出る
父は牟礼迄送ってくれ　別れに
「毒になる物は食べるなよ　人に悪く思われるなよ
早く帰って元気な顔を見せてくれ」と言われたことなど　思い出す
あの時は　追い出されたと感じたが　そうではなかった
父もどうしようもなく　やりきれなかったのだ
今は永遠の別れ

遺産相続争いの始まり
五月二八日初七日に

父の遺言
・今迄の私の生き方を戒め
・妻を迎えここにとどまれ
・土地など財産の半分を相続すること
を　親戚などに伝えたが　聞かぬふりをするひと（継母・弟）がいた
一四歳で古郷を追われた私は
父の意に背いて　雲水の身になるしかなかったのだと
継母・弟に云ったが　わかってもらえず
相続問題は　親戚などに任せて
しばらく時間を置こうと考えて　古郷を離れる

田植えの終わった一面の青い田んぼで　夜明けを　父とみたかったなあ
父ありて明《あけ》ぼの見たし青田原《あおたはら》　　父の終焉日記　享和元年
父の遺言通り　遺産半分　もらう権利あると思うが

しかし　父の遺産の多くは
父と継母と弟がまじめに懸命に働いて維持　開拓し広げたもの
古郷の人たちはそれを知っている
古郷には　私を庇護してくれる人は少ない

生残る我にかかるや草の露　　父の終焉日記　享和元年

北信濃の俳諧仲間と　歌仙を巻いたりしながら　歩き
九月頃　江戸に帰った
江戸では　間借り暮らし

四〇歳　享和二年（一八〇二）

一月～秋　『享和二年句日記』をつける

思うこと
初夏頃　越中行脚
江戸に帰っても落ち着かず　迷いの中にいる俳諧師
農民にも成れず　寂しい孤独な旅人
蝶も私も　孤独な旅人さ

草の蝶大雨垂《おほあまだれ》のかゝる也　　享和二年句日記　享和二年

私も鶯も同じ　小さいものが　ひっそり生きる
大きな淡路島も遠くからみれば　小さい　西国を思い出し

うぐひすの腮《あご》の下より淡ぢ島　　享和二年句日記　享和二年

四一歳　享和三年（一八〇三）

『享和句帖』（四月一一日〜一二月一一日）をつくる
次第に葛飾派を離れていく

随斎《ずいさい》に入る

江戸の住まい

このころは
本所五つ目大島の愛宕山勝智院（真言宗）（現：江東区大島五丁目）に住み
「一茶園雲外」と称していた　ここは住職が葛飾派俳人栄順《えいじゅん》

行脚生活

江戸住まいの私の生計は　俳諧師として行脚することで得られる
そう俳諧行脚は　俳諧の腕を磨くと　同時に
俳諧指導　俳諧に関する知識・情報の伝授をし謝礼をもらう
四月ごろから　俳諧師としての行脚を本格的に開始
私の巡回俳諧師としての地盤は
常陸　上総　下総　安房といった房総半島方面

房総方面の人たちとの交流は　二〇代前後から始まっている
長い付き合いの人が多い
その歩く路は　様々
水戸街道を通り　利根川周辺の馬橋から　小金　流山　守谷　布川
時に佐原や銚子まで
木更津　富津　金谷　保田　勝山　時に千倉付近まで
この方面を　行ったり来たりも
江戸下町に住んでいたから　房総は比較的近い
行脚は　時には日帰り・数日から　二カ月以上に及ぶことも
葛飾に近く　葛飾派も多かったが
私は　房総各地の俳諧仲間を葛飾派の枠を超えて巡回
私の庇護者になってくれる人も多かった

秋元双樹との交流開始

流山の秋元双樹《あきもとそうじゅ》や布川の古田月船《ふるたげっせん》らと交流開始
互いに『詩経』の講義などを受け
双樹　月船は　大親友に
特に　双樹は私を篤く庇護してくれる
私は　この享和三年から文化一四年まで
一五年間　五〇回以上流山を訪れた
脱線だが　双樹は醸造業を営み　味醂開発者の一人

もう一人　上総富津の花嬌《かきょう》　寛政年間より交流はあったが
この頃から　交流はさらに深まる　彼女も私の庇護者
（詳細は後述【花嬌との思い出】で）

夏目成美の随斎に入る
江戸では　夏目成美《せいび》の随斎《ずいさい》に入った

それは　四一歳　江戸で俳諧師として認められるようになったということ
そして　当代一流の俳諧師たちと親しくなっていく足がかりができた

悩み　学習　異国への関心

師竹阿は「人恒の産なき者は恒の心なし」と
「まずきちんとした職に就き
父母へ孝養し家族を大切にすることが大切
自分（竹阿）もそれをせず過ちだった
諸国を単に放浪して俳諧修行をするというのは
真の風雅ではなく　風雅を切り売りしているのみ」という
私はその教えに大きく影響されていた
私は
「おのれ、人には常の産となすべきことも知らず、
人の情にて永らふるは、物言わぬ畜類に恥づかしき境界なりけり」

と　思っている
本当に　私は人の情けでようやく生きている
だからこそ遺産を獲得することは　当たり前の暮らしをすることに
しかし　その農地を相続しても耕せないのだが
それは　継母のために　古郷を出されたからだ
古郷は恋しい　親なし巣なしの淋しさを思い知る日々
売られる馬の子や　一声なく親なし鳥のように

　秋寒や行先〳〵は人の家　　　　　享和句帖　享和三年
　馬の子の古郷はなる丶秋の雨　　　享和句帖　享和三年
　一つなくは親なし鳥よ秋の暮　　　享和句帖　享和三年

私は　一流の俳諧師として　認められたい
帰郷して　食べていけるように

江戸はやはり　旅の家　そしてまだまだ貧乏この上なし

秋の夜の独身長屋むつまじき　享和句帖　享和三年

秋雨やともしびうつる膝頭《ひざがしら》　享和句帖　享和三年

痩臑《やせずね》を抱合《だきあは》せけり桐一葉　享和句帖　享和三年

よりかゝる度《たび》に冷《ひや》つく柱哉　享和句帖　享和三年

南天よ炬燵やぐらよ淋しさよ　享和句帖　享和三年

火種なき家を守るや梅［の］花　享和句帖　享和三年

炭の火も貧乏ござれといふべ哉　享和句帖　享和三年

はつ雪のかゝる梢も旅の家　享和句帖　享和三年

江戸を離れ房総地方の俳諧師たちのもとへ　行脚するとともに葛飾派の句会で執筆を務めて以来続けてきた日本の古典や漢籍の学習をし（文化元年　成美に皮肉られたがうまく返した

日本記（紀）をひねくり廻す癖ありて　成美
　松風聞に三度旅笠　　　　一茶）
話題の国学者や儒学者の書籍もしっかり読み解き考える
この年中国最古の詩編『詩経』に強い関心を持ち　講釈の席に行くだけでなく
『詩経』『易経』の俳訳に専心し
その内容に迄深く立ち入り『詩経』の詩編に合わせて句を詠んだ
そう
享和年間　から　独自の俳風を生み出そうと考えはじめる
師竹阿の教え「己が俳諧を習ふべし」いつも心に
己が俳諧とは　何だろう
句を詠む時　その底辺には　母を求める・望郷・孤独がどうしても流れる
詩経から　たとえば
　葛生《くずふ》（詩経・唐風）から

梅さけど鶯なけどひとり哉　　　　享和句帖　享和三年

車鱗（詩経・秦風）から
としよりの追従《ついしよ》わらひや花の陰　　享和句帖　享和三年
黄鳥《くわうてう》（詩経・小雅・鴻雁之什）から
見かぎりし古郷の山の桜哉　　享和句帖　享和三年
文化元年に「見かぎりし　古郷の桜さきにけり」文化句帖

一方　異国への関心も持続
長崎に入る時　ロシアのラクスマン根室に来航
蝦夷に意識が向く
発雷《はつらい》やえぞの果迄《はてまで》御代の鐘　　享和句帖　享和三年
是《これ》からは大日本と柳哉　　享和句帖　享和三年

Ⅶ　文化期（一）
～江戸生活　関東行脚　出会いと別れ　古郷へ～

四二歳　文化元年（一八〇四）

一月から『文化句帖』をつくる（文化五年五月三日まで）

葛飾派を離れ　随斎会に頻繁に出席

種々の人々との交流開始

建部《たけべ》巣兆《そうちょう》（三大俳画人の一人）や松窓乙二《しょうそうおつに》（仙台藩の藩医）　亀田鵬斎《ほうさい》（書家・儒学者・文人）などと交流が始まる

松窓乙二からは　蝦夷の情報がよくつたえられた

一瓢との交流

日暮里の本行寺《ほんぎょうじ》の住職　日蓮宗の僧侶一瓢《いっぴょう》とも親しくなる
彼とは　作風が似ていることで大変気が合い　長く交際　私の庇護者にも
私の死後には　私をしのび自ら木像を刻み供養してくれた
四月九日　住んでいた愛宕社の管理者勝智院住職栄順が没
次の住職は私の滞在を拒否　途方に暮れながらも　流山へ

流山の秋元双樹　富津の花嬌

流山の双樹宅　訪問　彼は快く迎えてくれ
連句をし　種々の句を詠む

刀禰川は寝ても見ゆるぞ夏木立　　一茶　文化句帖　文化元年

一村雨のほしき麦刈　　双樹

始めは知らない人だったが　友人になれた

秋の夜や隣を始《はじめ》しらぬ人　文化句帖　文化元年

出稼ぎだが　杜氏は誇りがある　凛とした歌声に感動し

越後節蔵に聞えて秋の雨　文化句帖　文化元年

下総の利根川沿いで洪水があったが

夕月や流残りのきりぐす　文化句帖　文化元年

蕣《あさがほ》やたぢろぎもせず刀根の水　文化句帖　文化元年

次いで

富津の花嬌宅へも歩く　花嬌は母のようにもてなしてくれる

でも　私の巣ではない

秋立つや身はならはしのよ所《そ》の窓　文化句帖　文化元年

帰りは　何故か　親から離される仔馬のような　淋しさがよぎる

秋の雨乳ばなれ馬の関こゆる　文化句帖　文化元年

江戸貧乏生活　四季折々　世の中険し古郷恋し

一〇月下旬　本所相生町五丁目に移転　小さくても一軒家
家財道具一式は流山の秋元双樹が贈呈してくれた
貧乏は貧乏

立川通御成

梅が香やどなたが来ても欠茶碗　文化句帖　文化元年
淋しいものだ　訪問者が来ないことは

冷し瓜二日たてども誰も来ぬ　文化句帖　文化元年
寒い夜　部屋には何もない　すりこ木がけしき

すりこ木もけしきに並ぶ夜寒哉　文化句帖　文化元年
なんと貧乏　乞食もあきれているようだ

秋の風乞食は我を見くらぶる　文化句帖　文化元年
貧乏でも　逞しく生きている人も多い

世路山川ヨリ嶮《けは》シ

木がらしや地びたに暮る、辻諷《うた》ひ　　文化句帖　文化元年
万歳のまかり出たよ親子連れ　　文化句帖　文化元年
古郷恋し
初雪や古郷見ゆる壁の穴　　文化句帖　文化元年
ちち母は夜露うけよとなでやせめ　　文化句帖　文化元年

其翠桜松井との交流開始

そんな中　一一月　日本橋久松町の其翠桜松井《きすいおうまつい》（元夢門人）と交際が始まり
一瓢・成美とともに江戸における私の庇護者となってくれた

中村二竹

本陣中村家の息子　中村二竹《にちく》（柏原の俳人　一茶の門人の一人）
二親がそろっている
江戸に出て来たが　苦労することはないと　古郷へ帰す

中村二竹《にちく》、古郷に赴《おもむ》けば、本郷追分迄おくる

霞み行や二親持し小すげ笠　　文化句帖　文化元年

二竹は　親がいて帰る所があっていいなあと思ったが
文化三年　俳諧修行をしたいと　またまた江戸に出て来た
二竹と浅草観音に参籠し　帰ることを再び勧める
二竹は古郷へ帰るが　いつの頃からか行方が分からなくなった
帰すべきではなかったのか

世の中は　いいのか悪いのか

地車におっぴきがれし菫哉　　文化句帖　文化元年

ここもかしこもばくち小屋になっているが

君が世やかかる小陰もばくち小屋　　文化句帖　文化元年

ロシアへの関心

寛政四年　ロシア使節　ラクスマン来航しているが（根室）
文化元年　九月　ロシアの使節が長崎に来航　貿易を求める
私には　日本は「神国」「春風の国」ロシアは「おろしや夷」と考え

神国と松をいとなめおろしや舟　文化句帖　文化元年
春風の国にあやかれおろしや舟　文化句帖　文化元年
門の松おろしや夷《えびす》の魂消《たまげ》べし　文化句帖　文化元年
日本の年がお《を》しいかおろしや人　文化句帖　文化元年
梅が、やおろしやを這《はは》す御代にあふ　文化句帖　文化元年

と　詠んだ　日本の方がいいのかなと思いつつ
文化三年　随斎の句会を延期して
寛政年間にロシアから帰った磯吉の話を聞きに行く
結果　やはり日本の方がいいや　という気持ちに

日本の果ての海を　外ヶ浜と呼ぶ

それで　後に外ヶ浜と題して句を詠んだ

外ガ浜

渡り鳥日本の我を見しらぬか　「文化五・六年句日記」文化六年

けふからは日本の雁ぞ楽に寝よ　七番日記　文化九年

雁鳴や今日本を放（離）る丶と　七番日記　文化一四年

四三歳　文化二年（一八〇五）

三月　私の句に大きな影響を与えた人　大友大江丸が没

九月　またまたロシア使節（レザノフ）長崎来航

一茶園月並

四月から『一茶園月並』を主催

行脚と並行し　収入を得るため月並句会を行うことに

乃ち　毎月お題を決め一般から投句を募る
投句する際　「入花料」という通信教育料を貰う
投句は添削して返却する
優秀者には景品授与　投句者には入選作品を印刷して配布　という方式
なかなかうまくいかない
思っていたより　費用が掛かり雑務が多い
句も集まりが悪い　いい句が少ない
花嬌は頻回にいい句をかいてくる　添削していても楽しい

歩き回る日々　思うこと

五月からは　頻回に　下総　房総行脚　を行い
上総・下総辺を度々訪ね　花嬌の元にも頻繁に滞在

その間も　江戸成美の句会で　成美・浙江《せっこう》・梅寿・太笻《たきょう》らと歌仙を巻く

一二月二二日　流山　馬橋を巡り　江戸の成美宅に泊まる

転々と歩き廻る日々　庇護してくれる人・友にすがりながら
日々の生活（行脚も日々の生活）を　詠み込みながら生きる
炭を一冬一俵しか買えない貧乏　でもおこり火はあたたかく美しい

ちとの間は我宿めかすおこり炭　文化句帖　文化二年
宵ゝに見べ（減）りもするか炭俵　文化句帖　文化二年
わが春やタドン一ツに小《こ》菜《な》一《いち》把《は》　文化句帖　文化二年

月夜になると　顔の皺がよく見える　あ～あ

はつ春も月夜となるや顔の皺　文化句帖　文化二年

ぶつくさ言っている蛙は私

草陰にぶつくさぬかす蛙哉　文化句帖　文化二年

美しく可愛い菫も土と一所にこねられていく　それが世の中

壁土に丸め込まる丶菫哉　文化句帖　文化二年

あなた任せにいきたいなあ　蝶はいいなあ

秋風にあなた任せの胡蝶哉　　文化句帖　文化二年

ひねくれているのは　私だよ　だれも来ない　寒い雪が散る

雪ちるや友なし松のひねくれて　　文化句帖　文化二年

仔馬が売られていく　寂しいな　せっかく親子暮らしているのに

人間の勝手だ　私も継母のため　放り出された

小金原

冬枯や親に放れし馬の顔　　文化句帖　文化二年

農民の子なのに　耕さない　罪は重いなあと思うが

家を出されたのだから仕方ないや

耕さぬ罪もいくばく年の暮　　文化句帖　文化二年

ちなみに　二年後文化四年には　夜雁が鳴くと　寂しくつらい

作らずして喰ひ、織らずして着る身程の、行先おそろしく

鍬《くは》の罰《ばつ》思ひつく夜や雁の鳴《なく》　　文化三～八年句日記写　文化四年

と　詠んだ

四四歳　文化三年（一八〇六）

『文化三～八年句日記』を付け始める

いつもの生活　江戸から下総　上総　房総行脚

変わらず　恒産もなく　頻回に下総　上総　房総行脚
歌仙を巻いたり　琉球人を見に行ったりすることもあったが
日々の生活から句が生まれる

上総行脚時　花嬌への挨拶句　上総の蚊には刺されても嬉しい
目出度《めでた》さは上総の蚊にも喰《くは》れけり　文化句帖　文化三年
恒産ない　遊民だと成美は言うが　いま更どうするのか

遊民遊民とかしこき人に叱られても今更せんすべくもなく

又ことし娑婆塞《しゃばふさぎ》ぞよ草の家　　文化句帖　発句題叢《ほっくだいそう》　希杖本《きじょうほん》　文化三年

隣によばれて　正月の膳につく身

隣へよばれて

君が世やよ所《そ》の膳にて花の春　　文化句帖　文化三年

蛍が飛んでいるが　この門には訪ねる人はいない

門の蛍たづぬる人もあらぬ也　　文化句帖　文化三年

いつしか　ことしも秋だ　儚い露に気が付く年になった

なのに古郷へ帰れない

蠅打てけふも聞也山の鐘　　文化句帖　文化三年

笠紐にはや秋風の立日哉　　文化句帖　文化三年

白露に気の付年と成にけり　　文化句帖　文化三年

五十にして冬籠さへならぬ也　　文化句帖　文化三年

古郷に帰るのはいつか　帰れるのか

私は　人の屑だ　小さな小さなみそさざいよ　おまえは鳥の屑と言われるか
みそさゞい鳥には屑《くづ》といはるゝか
文化句帖　文化三年

四五歳　文化四年（一八〇七）

北信濃中心に「一茶社中」立ち上げ

望郷

一月半ばから　両総行脚　くりかえす
双樹や花嬌にいろいろな友に会えるのは　楽しいが
貧乏は同じ　巣がない　古郷へ帰りたい念は強くなる　古郷にも巣はないが
古郷や餅につき込《こむ》春の雪
文化句帖　文化四年
夕燕我には翌《あす》のあてはなき
文化句帖　文化四年
五月雨《さみだれ》や烏あなどる草の家
文化句帖　文化四年

耕舜《こうしゅん》先生

私には
俳人以外にも　江戸生活で友人はいた　中でも耕舜先生は大親友
六月一六日に　その友人柳沢耕舜が亡くなった
耕舜先生こと柳沢勇蔵は　故あって致仕して
堅川沿いに住み　子どもたちに手習いを教えていた
付き合いは一〇年以上
お互いの家を行き来して　様々な話をした
「彼は我をちからに思ひ、われはかれをたよりにしたひて」という間柄

「耕舜先生挽歌」の結びの句
　此次《このつぎ》ハ我身《わがみ》の上かなく烏
　　　　　　　　　　文化三〜八年句日記写　文化四年

そして　耕舜先生へ追悼句

六月一七日　短夜やけさハ枕も艸の露　文化三～八年句日記写　文化四年

同一八日　風そよ〱空しき窓をとぶ蛍

同二二日　時鳥さそふはづ《ず》なる木間より

三七日（七月八日か）夕月や門の涼こも昔沙汰

江戸もさらに淋しくなった

父　七回忌法要「一茶社中」立ち上げへ

六・七月父七回忌法要に帰郷したが

古郷は　冷たい

たまに来た古郷の月は曇りけり　連句稿裏書　文化四年八月一四日

思ひなくて古郷の月を見《み》度《たき》哉

たま〱の古郷の月も涙哉

たまに来し古郷も月のなかりけり

郵便はがき

料金受取人払郵便

新宿局承認

3971

差出有効期間
2022年7月
31日まで
(切手不要)

1 6 0-8 7 9 1

141

東京都新宿区新宿1－10－1

(株)文芸社

愛読者カード係 行

ふりがな お名前		明治　大正 昭和　平成 年生　歳		
ふりがな ご住所	□□□-□□□□		性別 男・女	
お電話 番　号	(書籍ご注文の際に必要です)	ご職業		
E-mail				
ご購読雑誌(複数可)		ご購読新聞 新聞		

最近読んでおもしろかった本や今後、とりあげてほしいテーマをお教えください。

ご自分の研究成果や経験、お考え等を出版してみたいというお気持ちはありますか。

ある　　ない　　内容・テーマ(　　　　　　　　　　)

現在完成した作品をお持ちですか。

ある　　ない　　ジャンル・原稿量(　　　　　　　　　　)

書 名				
お買上 書 店	都道 府県	市区 郡	書店名	書店
			ご購入日	年 月 日

本書をどこでお知りになりましたか?

1.書店店頭　2.知人にすすめられて　3.インターネット(サイト名　　　)

4.DMハガキ　5.広告、記事を見て(新聞、雑誌名　　　)

上の質問に関連して、ご購入の決め手となったのは?

1.タイトル　2.著者　3.内容　4.カバーデザイン　5.帯

その他ご自由にお書きください。

(　　　)

本書についてのご意見、ご感想をお聞かせください。

①内容について

②カバー、タイトル、帯について

弊社Webサイトからもご意見、ご感想をお寄せいただけます。

ご協力ありがとうございました。

※お寄せいただいたご意見、ご感想は新聞広告等で匿名にて使わせていただくことがあります。

※お客様の個人情報は、小社からの連絡のみに使用します。社外に提供することは一切ありません。

■書籍のご注文は、お近くの書店または、ブックサービス(0120-29-9625)、セブンネットショッピング(http://7net.omni7.jp/)にお申し込み下さい。

遺産交渉は進まなかったが
毛野の滝沢可候《かこう》を訪問し　野尻　渋温泉　毛野等　柏原周辺を巡り
北信濃の俳諧愛好者と交流を深め「一茶社中」立ち上げへ
この時　渋温泉へ　の途中　安源寺《あんげんじ》　小内八幡神社《おうちはちまんじんじゃ》　の祭り
大好きな相撲を見物

草花をよけて居るや勝相撲　　文化三～八年句日記写　文化四年

と詠み

ためつけて松を見にけり負相撲　　連句稿裏書　文化四年

と負け相撲も　同じ頃　詠む
私は　相撲が大好き　以前もいくつか相撲の句を詠んできたが
以後も　詠み続ける
ちなみに可候は　二竹のいとこ　久保田春耕《しゅんこう》の兄

一〇月八日　江戸に帰る

一〇月二八日　心は進まないが遺産交渉のため再度帰郷
古郷柏原への道も　心も　木枯らし強く寒く　真っ暗だ

峠二日

牛の汁あらし木がらし吹にけり　文化句帖　文化四年
越て来た山の木がらし聞夜哉　文化句帖　文化四年
一一月五日柏原着　柏原はもう雪　弟との遺産分配交渉はかどらない

柏原ニ入

雪の日や古郷人もぶあしらひ　文化句帖　文化四年一一月五日
寝ならぶやしなの、山も夜の雪　文化句帖　文化四年
かじき佩《はい》て出ても用はなかりけり　文化句帖　文化四年
柏原の人たちも冷たい
心からしなの、雪に降られけり　文化句帖　文化四年一一月一二日
江戸では貧乏　古郷へ帰って遺産交渉しても進展せず　軽くあしらわれるだけ

江戸も古郷も居場所がない　私は無用者か

はつ蝶にまくしかけたる霰《あられ》哉　　文化句帖　文化四年

一一月一九日　江戸に帰り　一二月　両総行脚に出た

花嬌が居る　もうひとつの故郷　寂しさが癒される

秋霧や河原なでしこりんとして　　連句稿裏書　文化四年

四六歳　文化五年（一八〇八）

『文化五年六月句日記』（六月一一日～一五日）

『文化五年八月句日記』（八月二一日～三〇日）成す

九月　中野の高井《たかい》大富《おおとみ》神社《じんじゃ》に一茶・麦太《ばくた》・完来《かんらい》選の俳諧が奉納

江戸　両総行脚

三月　成美らと上野　隅田川に花見　浅草散策（「花見の記」を執筆）

など　穏やかに暮らしていた

花ちりてゲツクリ長くなる日哉　文化句帖　文化五年

壁の穴　幸《さいはひ》　春の雨夜《あまよ》哉　文化句帖　文化五年

春立といふより見ゆる壁の穴　文化句帖　文化五年

四月・五月　両総行脚　もちろん花嬌宅も

花嬌は夏菊　花なでしこ

夏菊の花ととしよる団《うち》哉《は》　文化句帖　文化五年

蚊所の八重山吹の咲きにけり　文化句帖　文化五年

蝿負《おふ》や花なでしこに及ぶ迄《まで》　文化句帖　文化五年

祖母の三三回忌法要　柏原へ

七月二日　祖母の三三回忌出席のため　晴天の柏原に帰郷も

一枚の薄い布団で侘び寝する無用者　秋の蟬と同じだ

弟も継母も　知らん顔している

秋蟬の終《つひ》の敷寝《しきね》の一葉哉　文化五・六年句日記　文化五年

秋立や雨ふり花のけろ〱と　文化五・六年句日記　文化五年

法要後　北信濃門人宅を歩きまわり　一茶社中進展に尽くす

一一月　やっと　義弟と遺産分配の証文を交わすが　実行はなし

旧巣を奪わる

年末一二月　江戸に帰る

家を離れて古郷に帰っている期間が長すぎて

借家は人手に渡り（「旧巣を奪はる」）

本所番場町の成美宅で越年することに

行年を元の家なしと成りにけり　文化五年八月句日記　文化五年

雪が降るといまいましいと思いながらも古郷を懐かしく思い出す

古郷の袖引く雪が降にけり　　文化五・六年句日記　文化五年

四七歳　文化六年（一八〇九）

元日の夜江戸大火に

『文化六年句日記』（六月末日まで）を執筆

「一茶社中」順調に育つ

江戸の巣なし

江戸　成美宅で年越し

この世の有さまなるべし

元日や我のみならぬ巣なし鳥　　文化三〜八年句日記写　文化六年

親雀は子を守るため　鳥を追い払う　継母は私を追い払う

五六間烏追《おひ》けり親雀　　文化三〜八年句日記写　文化六年

一月八日から三月　両総行脚くりかえす　相模浦賀までも
私も蝶のように　望みないような淋しさにおそわれ飛んでいる
梅が咲いても変わりなし

蝶とぶや此世《この》に望みないやうに　文化三～八年句日記写　文化六年
梅咲て身のおろかさの同《おなじ》也　文化六年句日記　文化六年
世の中は　世直し世直しと　騒がしいが　私は毎日同じ蚊屋で独り
翌《あす》もく同じ夕か独蚊屋　文化六年句日記　文化六年
そよくと世直し風やとぶ蛍　文化六年句日記　文化六年

帰郷　柏原の「宗門人別帳」に記載
四月には　江戸を立って帰郷
この文化六年から「宗門人別帳」に記載　年貢も収める
旅せよと親はかざらじ太刀《たち》兜《かぶと》　文化六年句日記　文化六年

五月一九日　柏原で父の墓参
長沼・豊野・中野・小布施北信濃を巡り
紫（高山村）の久保田春耕を訪れ　以後親しく交わるようになる
「一茶社中」順調に育っている
あちこち歩きまわり
蝸牛のように　目に見えない動きをしているなあ一茶おまえは
みんなが動いてくれる　ともかくあなた任せ
明日はどうなるか　私は蝸牛庵だから

蝸牛我なす事は目に見へぬ　　文化六年句日記　文化六年
ともかくもあなた任せかかたつぶり　文化六年句日記　文化六年

歯が　歯が減るよ
八月一五日　門人春甫《しゅんぽ》と姥捨山に観月も
友（長沼）の歯がぬけた

私自身ももう歯はがたがた　少なくなってきた
文化八年には　私は歯無し　になった
なけなしの歯をゆるがしぬ秋の風
文化五・六年句日記　文化六年
ナケナシの歯を秋風の吹にけり
文化五・六年句日記　文化六年

四八歳　文化七年（一八一〇）

『七番日記』（文化一五年＝文政元年まで）開始
三月二四日　蓮生寺《れんしょうじ》（長野県須坂市日滝）に
一茶・成美・完来《かんらい》の選の俳諧が奉納（俳額があがる）

江戸で越年
古郷では元日も馬と一緒にしたなあ　年をまた一つとった
古郷や馬も元日いたす顔
七番日記　文化七年

老が身の直《ね》ぶみをさる、けさの春　　七番日記　文化七年
雪が解けて晴れた夜月が美しい
雪解けてクリ〳〵したる月よ哉　　七番日記　文化七年
二親をもった雀は　むつまじい
夕暮れ淋しくなった時　親のない雀は何と鳴くのかな
むつまじき二親もちし雀哉　　七番日記　文化七年
夕暮や親なし雀何と鳴　　七番日記　文化七年
桜が咲こうが散ろうが　蛙にゃ関係ない　花びらがじゃま　人がじゃま
夕方になれば　きょうもすぐ昔に成ってしまう
散る桜　私一茶ももう下り坂　死に支度せよ　というように散る花びら
花びらに舌打《したうち》したる蛙《かはづ》哉　　七番日記　文化七年
夕ざくらけふも昔に成にけり　　七番日記　文化七年
ちる花や已《すで》におのれも下り坂　　七番日記　文化七年
死支度《しにじたく》致せ〳〵と桜哉　　七番日記　文化七年

二月から　下総　常陸行脚中
四月三日　上総の花嬌が亡くなった　母が憧れの人がいなくなった
淋しさが　心の中で渦巻くが
法要には行けず
花嬌を　思いつつ　江戸生活から帰郷の途へ

柏原　遺産問題

五月一〇日江戸を立ち　古郷へ向かうが
　五月雨や胸につかへるちゝぶ山　　七番日記　文化七年
花嬌がいなくなった淋しさと　遺産相続の交渉問題が胸につかえている
大声を出して　走って走って　泣き叫びたい
誰かどうにかしてください
中山道　浅間山が暮れて行く

淋しさ　むなしさ　がわき返る

浅間山の下を通りて

暮行や扇のはしの浅間山

七番日記　文化七年

一九日　帰郷し　遺産交渉　不調

古郷の人の目もきびしい

人の情けで生きて　耕しもしないからな

古郷やよるも障《さはる》も茨《ばら》の花

七番日記　文化七年

百か日　花嬌仏

七月一三日　花嬌の法要に出席　追悼句

百ヶ日　花嬌仏《くわけうぶつ》

草花やいふもかたるも秋の風

七番日記　文化七年

蕣の花もきのふきのふ哉

七番日記　文化七年

淋しさ胸に　歩き詠む

九月一六～一八日　流山行脚　双樹は留守だったが　留守宅に泊った
一〇月九日～一一月一日　下総　常陸行脚　花嬌を心に抱いて

雪の季節に　古郷思い出しながら　たくましいなあ夜蕎麦売りは

雪ちるや七十顔《しちじふがほ》の夜《よ》そば売　七番日記　文化七年

初雪だ　いまいましいなんて思うのは世に住む人のかって　雪には関係ない

はつ雪やそれは世にある人の事　七番日記　文化七年
はつ雪をいまくしいと夕哉　七番日記　文化七年

守谷の西林寺住職鶴老（六四世義鳳師）と交流開始

文化七年　六月一三～一二日　飯田出身の俳人桜井蕉雨《しょうう》と両総行脚
六月一四日　蕉雨と共に初めて守谷西林寺《さいりんじ》の鶴老《かくろう》を訪ねた
鶴老は

飯田の出身で蕉雨と同郷　相馬守谷の西林寺第六四世義鳳《ぎほう》師
俳諧錬成のため　俳諧道場（俳窟）を営んでいる
この時　鶴老と意気投合し
一二月二一日　下総行脚　後　二三日守谷に入り　そのまま年越し

　廿三日　西林寺に入

行としや空の名残を守谷迄　　七番日記　文化七年
行としや身はならはしの古草履《ふるざうり》　　七番日記　文化七年
古頭巾やとりも直さぬ貧乏神　　七番日記　文化七年

鶴老と連句
　行年や空の青さに守谷迄　　一茶
　　寒《かん》が入《いる》やら松の折れ口　　鶴老　　我春集　文化七年

『我春集』の発会序を書く
そして　西林寺にて　『我春集』の発会序を書く

其の要約
「浄い水も流れなければ淀んで汚れる
俳諧も　心を自在にして　詠み合わなければ　腐ってしまう
それで　俳窟を営み　日夜そこに集まって句をつくり
批評し錬成した句集　　　　しなの、国乞食首領一茶書」

四九歳　文化八年（一八一一）

成美の諸国俳人俳句抜書き『随斎筆記』を抄録し　それに増補を続ける
文化八年間の手記『我春集』（稿本）をつくる
「正風俳諧名家角力組」や俳人番付「新板諸国はいかいし大角力《おおずもう》ばん付け」を
見ると　かなり知名度は上がったよう

西林寺で越年

文化八年の歳旦句（文化七年一二月の守谷西林寺　着到帳《ちゃくとうちょう》第一番句だが）

我春も上々吉よ梅の花　　七番日記　自筆本

そして　振り返る　月花を追いかけた四九年は無駄だった

月花や四十九年のむだ歩き　　七番日記　文化八年

一月一五日　江戸へ帰るが　以後　西林寺に入ること時折

二月一二日には　成美の随斎で若翁に会う（七番日記文化八年閏二月）

ことしは壁の穴も　あたたかい

壁の穴や我初空もうつくしき　　七番日記　文化八年

草の戸やどちの穴から来る春か　　七番日記　文化八年

春風や牛に引かれて善光寺　　七番日記　文化八年

行脚の日々　歯なしに

二月二四日　寓居（旧居）（柳橋）類焼したが　めげもせず

流山　下総　常陸行脚　繰り返す
七月　旅の途中　富津人乗寺（花嬌の墓がある）で唯一の歯を失う
花嬌が　歯を持って行ったのかな　それなら嬉しいくらいだ
花嬌は亡くなっても　家族とは交流　織本家滞在して
暑さと淋しさを癒す　花嬌が傍にいるようだ

湖を風呂にわかして夕がすみ　七番日記　文化八年
夕暮とや雀のまゝ子松に鳴《なく》　七番日記　文化八年
むつまじや生れかはらばのべの蝶　七番日記　文化八年
花の月のとちんぷんかんのうき世哉　七番日記　文化八年

大川立砂　もう一人の父の思い出

九月・一〇月　数回馬橋を訪れていたが
一一月　立砂一三回忌法会に出席できた
立砂　彼は私の苦しい時代から衣食住を援助し

温かく大切にかわいがってくれた　もう一人の父
大川立砂が亡くなったのは　寛政一一年一一月二日
思えば
寛政一〇年一〇月一〇日　馬橋と真間の手児奈堂の辺りを吟行したなあ
あの時は　嬉しさよりも淋しさ切なさが身に染みていた
　夕暮れの頭巾《づきん》へ拾ふ紅葉《もみぢ》哉　　立砂
　紅葉《もみぢば》ゝや爺《ぢぢ》はへし折《をり》子はひろふ　　一茶
寛政一一年　三月下旬　甲斐方面へ旅立ちのとき　連句
　今さらに別《わかれ》ともなし春がすみ　　一茶
　又の花見も命なりけり　　立砂
立砂は　いつまでもいつまでも　見送ってくれている
その姿　年を経られたな　切なさ感じたが
その同じ年　立砂が永遠の旅へ
追悼を込め　「挽歌」を執筆

今さらに別ともなし春がすみ　　挽歌　寛政一一年

炉のはたやよべの笑ひがいとまごひ　　挽歌　寛政一一年

文化八年　一三回忌法会に出席できた　思い出が鮮やかに蘇る

何として忘《わすれ》ませうぞかれ芒　　我春集　文化八年

そして　以下一三句を詠む

法筵《ほふえん》の夕方なれば　　我春集　文化八年

此《この》時雨なぜおそいとや鳴烏《なくからす》

塚の霜雁も参《まゐ》りて啼《なき》にけり

冬木立《ふゆこだち》むかしくの音す也

寛政一〇年一〇月一〇日ごろ、二人手児奈・つぎはしあたりを見巡りしときの事也

夕暮れの頭巾《づきん》へ拾ふ紅葉《もみぢ》哉　　立砂

紅葉《もみぢば》ゝや爺《ぢぢ》はへし折《をり》子はひろふ　　一茶

真間寺《ままでら》で斯《か》う拾ひしよ散紅葉《ちりもみぢ》
生残り〳〵たる寒《さむさ》かな
真直《まつすぐ》に人のさしたる樒《しきみ》かな
はつ雪やとても作らば立砂仏《りふさぶつ》
来もきたり抑《そもそも》けふの御霜月《おしもつき》
ちる木（の）葉 則《すなはち》 去《いぬ》ル夕《ゆふべ》かな
松蒔《まき》て十三年の時雨哉
木がらしや是《これ》は仏の二日月（十一月二日没）
けふ迄はちらぬつもりか帰花《かへりばな》
墓の前に手向心《たむけごころ》の一三句也
そして
合点《がてん》して居ても寒いぞ貧しいぞ
で結んだ
心の中は

うしろから大寒小寒夜寒哉　　七番日記　文化八年
秋の夜やしやうじの穴が笛を吹　　我春集　文政版一茶句集　遺稿　文化八年
なかなかに人と生れて秋の暮　　我春集　文化八年

再び江戸へ

法会出席後　流山　布川等を巡り
一九日江戸へ帰るが　淋しくて　馬橋が恋しくて
一二月一九日　流山　馬橋　布川を再び歩き
布川の古田月船宅で年越しすることに

五〇歳　文化九年（一八一二）

『株番《かぶばん》』はこの年を主とした手記
この年の俳人番付「南瞻部州《なんせんぶしゅう》大日本国俳諧相場定所」に

左右合わせ上位から二七人目にランクされる
「一茶社中」かなりの規模に成長

布川　古田月船宅で越年

五〇年　菰《こも》もかぶらずに　よくぞ生きてきた
野辺の馬は霞の中楽しそう　山焼きの向こうが善光寺　古郷だ
正月　せき候《ぞろ》がやって来る　子どもをつれて　子どもも　せき候《ぞろ》
春立《はるたつ》や菰《こも》もかぶらず五十年　七番日記　文化九年
かすむ日の咄《はなし》するやらのべの馬　七番日記　文化九年
山焼やあなたの先が善光寺　七番日記　文化九年
せき候《ぞろ》や七尺去《さっ》て小セキ候　七番日記　句稿消息　文化九年

西林寺

一月二三日西林寺に入り滞在　鶴老と連句

賀治世

松陰に寝てくふ六十よ《余》州哉　一茶（この句碑は信濃町の諏訪神社にある）

鶴と遊ん亀とあそばん　鶴老　株番　七番日記

江戸　房総行脚繰り返し

二月一五日江戸へ

関八州を一呑《ひとのみ》するような　鋭い雉の泣き声　妻を呼んでいるのかな

私も妻が欲しい

雉鳴《きじなく》や関八州《くわんはつしう》を一呑《ひとのみ》に　七番日記　文化九年

走る雉山や恋しき妻ほしき　七番日記　文化九年

雁が去ると　隅田川はいつもの隅田川になる

行雁《ゆくかり》や迹《あと》は本間《ほんま》の角田川《すみだがは》　七番日記　文化九年

朝立ちして古郷へ帰りたいなあ　雁よおまえはいいなあ

有明の雁になりたや行雁に　七番日記　文化九年

でも　江戸も捨てたもんじゃない　蛙も鳴く　浅草に不二もある
菜の花畑のはずれに富士山が小さく見える

かゝる世に何をほたへ《え》てなく蛙　七番日記　文化九年

夕不二に尻を並べてなく蛙　七番日記　文化九年

なの花のとつぱづれ也ふじの山　七番日記　株番　文化九年

二月二二日～五月七日　馬橋　流山　江戸　房総と行脚繰り返す
その間　四月　上総富津の織本花嬌の三回忌追善会に出席（遺族の要請もあり）

花嬌との思い出

花嬌は元文年間（一七三六～一七四一）生まれ
上総富津の金融業を営む織本嘉右衛門に嫁し俳人として活躍していた
名前は薗　対潮庵とも号した
私は　そろって俳諧が趣味の織本夫婦とは寛政年間から交流

寛政六年　夫をなくした後も　交流はそのまま続く
花嬌の娘婿・子盛も俳人　もちろん仲良く交流
木更津方面へ行脚する際はしばしば花嬌宅に立ち寄る
花嬌は私の俳諧師としての才能を評価して支持してくれ
勿論花嬌本人も俳句の才能があり　一茶園月並会の投稿常連者
其の句は　一茶園月並でも高く評価
有名な句に
　庵の夜をくるりくるりと蛍かな
用のない髪と思へば暑さ哉
春風や女ぢからの鍬にまで　　三韓人
名月や乳房くはへて指さして　　たねおろし
思えば
初めて会った頃から　私は花嬌に母を見　憧れ　ほのぼのと恋をした
私一人の星になって欲しい　花嬌ヨ

ひとりなば我星ならん天の川　　享和二年句帖　享和二年

私の一人星はどこで旅寝しているだろう　天の川では年に一度の逢瀬の日に

我星はどこに旅寝や天の川　　享和句帖　　享和三年

わが星は上総の空でうろうろしているのだろうか

私も星になり　上総へ行って逢いたいな

我星は上総《かづさ》の空をうろつくか　　文化句帖　文化元年

と　恋い慕った

尋ねれば　母のように　迎えてくれるし　家族も迎えてくれるが

でも　私の巣ではない

秋立つや身はならはしのよ所《そ》の窓　　文化句帖　文化元年

帰りは　何故か　親から離される仔馬のような　淋しさがよぎる

秋の雨乳ばなれ馬の関こゆる　　文化句帖　文化元年

上総富津の海は広大　青い大きな海　そのなかで花嬌は暮らす

ふたりで　浜辺を散歩したり　吟行する
目出度いことに　上総の蚊にも喰われたことだよ
他で蚊に食われるのはまっぴらだが　ここでは蚊さえ私を歓迎してくれる
蚊遣りの焚かれた宿りは　心も癒される

目出度《めでた》さは上総の蚊にも喰《くは》れけり　文化句帖　文化三年五月八日
細々と蚊やり目出度舎《やど》り哉　文化句帖　文化三年

花嬌は　文化七年四月三日没　葬儀には出席できず
文化七年七月一三日　花嬌の百ケ日法会に出席

十三日　百ケ日　花嬌仏《かけうぶつ》

草花やいふもかたるも秋の風　七番日記　文化七年

秋には　七草をはじめ様々な花が咲くが
花嬌はもういない　その哀しさ

葬の花もきのふきのふ哉　七番日記　文化七年

文化九年四月の花嬌の命日に三回忌が催され　出席

その富津に向かう途中

いろいろ思い出され　言い切れない淋しさが心の中に渦巻く

花嬌は私の母であり　姉であり　憧れの人だった……　美しい海が広がる

ふたりでよく歩いたな　浜辺　潮風が心地よかった　心が躍っていた

美しい海を見る度に　海のような花嬌を母を思い出す　切ない涙で海が霞む

亡《なき》母や海見る度《たび》に見る度に　七番日記　文化九年

紫の雲にいつ乗るにしの海　七番日記　文化九年

花嬌は

目が覚めるほどの美しいぼたん芍薬だったなあ

もう消えてしまった　何を言っても張り合いがない　寂しく空しいだけ

四日　花嬌仏の三廻忌俳筵　旧懐

目覚しのぼたん芍薬でありしよな　　株番　文化九年四月四日
何ぞいふはりあひもなし芥子花　　株番　文化九年四月四日
この世は　露のようなはかないものだな
この世は露　私の母花嬌なでしこ　私小なでしこも　なでしこの露
露の世や露のなでしこ小なでしこ　　七番日記　文化九年五月

それからも　花嬌は心の中にずっと居る

海を見る度　夜空に天の川を仰ぐとき　空をただ眺めても　花嬌が居る
我星はどこにどうして天の川　　株番　七番日記　文化九年

文化一〇年　花嬌を思い月を眺めて　一句　詠む
文化六年　花嬌の隠居所「対潮庵」に招かれたとき
花嬌が詠んだ素晴らしい句に　呼応する句を

名月や乳房くはへて指さして　　花嬌　文化六年

名月をとってくれろと泣く子かな　　一茶　句稿消息　おらが春　文化一〇年

ありがとう花嬌　いい句が詠めた　子のない私に

文化一四年　富津大乗寺に泊り

初空の行留り也上総山　　七番日記　文化一四年

そして　花嬌墓前に

露の世は得心ながらさりながら　　七番日記　文化一三年

の句を　捧げた

妻帯したが　子を失う哀しみにおそわれたよ

花嬌よ　私もまた孤独だよ　逢いたいなあ

我星はひとりかも寝ん天の川　　八番日記　文政四年

空色の山ハ上総か霜日和　　文政句帖　文政五年

私は後に花嬌の句集『花嬌家集』『追善集』を編集
花嬌は　私の旅・孤独な人生の清水だった
母　恋しい恋しい人　花嬌　いつか行く傍へ

柏原　遺産交渉

六月　柏原に帰る　遺産交渉は進展せず
八月初旬まで北信濃各地を歩き廻る
そば時や月のしなの、善光寺　　七番日記　文化九年

柏原永住の決意

八月一八日　江戸に帰る

一〇月一四日馬橋　流山　布川を廻り　また馬橋へ行くなど
歩き続けながら　考える　古郷へ帰ろうかな
もう一人の父一三回忌　上総の憧れの人三回忌
大切な大切な人は　もう下総上総にいない
二人とも　我が星になり　日本の空に
江戸に常陸～房総に未練がないとは言えないが
師二六庵の教え　本当の俳諧師になるために　生業が必要
一一月
柏原に帰ろう　そこで師のいう真の俳諧師になろう　　と決意
江戸は
　さく花の中にうごめく衆生哉　　七番日記　自筆本　文化九年
　いざいなん江戸は涼みもむつかしき　七番日記　文化九年
　我ら儀は只やかましい時鳥　　七番日記　文化九年
古郷は　蟬のように儚いものも　湖からの風に尻を吹かせて鳴いている

湖に尻を吹かせて蟬の鳴　　七番日記　文化九年
風雅なんて　知らないよ　なんて人も多いけれど
夕顔の花で洟《はな》かむ娘かな　　七番日記　文化九年

一一月二四日　長年の江戸生活を清算

北信濃へ

臼井峠
しなのぢの山が荷になる寒《さむさ》哉　　七番日記　文化九年
ほちゃ〳〵と雪にくるまる在所哉　　句稿消息　七番日記　文化九年

一二月廿四日　古郷ニ入
是がまあつひの栖《すみか》か雪五尺　　句稿消息　七番日記　文化九年
掌《てのひら》へはら〳〵雪の降りにけり　　七番日記　文化九年
長沼の仲間はあたたかく迎えてくれた　ありがたい

輪になって胡坐をかいて座り　句を詠み合った
これからも長く一緒に俳諧をしよう
俳諧の力もつく楽しい会をつくろう　みな同じ俳諧を愛している

納豆の糸引張て遊びけり　七番日記　文化九年

ちなみに
長沼には　素鏡《そきょう》・春甫《しゅんぽ》・掬斗《きくと》・松宇《しょうう》ら古くからの一茶門人が居た　合計すると帰郷後六六四日以上滞在した（パンフレット「一茶と出逢う町『長沼』」より）

遺産交渉を続けながら
岡右衛門の家を借りて住むようになる　家財等は門人から贈られた

Ⅷ　文化期（二）～北信濃　結婚　我庵をもつ～

五一歳　文化一〇年（一八一三）

一年間の句文集『志多良《しだら》』（稿本）作る
長沼の門人魚淵《なぶち》が『木槿集《むくげ》』（芭蕉句碑建立記念集）刊行（一茶序文代作）
　この前年末から成美に発句の添削を依頼する
　　文化一三年夏まで続く（記したものが「句稿消息」）

北信濃借家で越年
毛野の可候《かこう》や長沼の春甫《しゅんぽ》のお陰で新春を迎えた
人並の正月もせぬしだら哉
　　　　志多良　文化一〇年

すりこ木のやうな歯茎も花の春　　七番日記　文化一〇年

門の春雀が先へ御慶《ぎょけい》哉　　七番日記　文化一〇年

子守唄雀が雪もとけにけり　　七番日記　志多良　文化一〇年

江戸の春　隅田川思い出す

春雨や鼠のなめる角田川　　志多良　句稿消息　文化一〇年

眼が霞むようになってきた　年を感じる

かすむやら目が霞やらことしから　　七番日記　文化一〇年

亡父十三回忌　遺産交渉終了

一月一九日　亡父一三回忌を催す

諸国を廻り歩いて故郷へ帰って来たが

遺産相続をめぐる継母・弟との争い　未だ決着がつかない

継母と言っても親　でも　子を思う気持ちなどひとつもない

紙魚《しみ》だって親は子を守っているのに

　周流諸国五十年

うそ寒や親といふ字を知てから　　句稿消息　七番日記　文化一〇年

旅せよと親はかざらじ太刀兜　　文化六年句日記　文化六年

ちち母は夜露うけよとなでやせめ　　文化句帖　文化元年

　虫干

逃る也紙魚《しみ》が中にも親よ子よ　　志多良　七番日記　文化一〇年

それでも

一月二六日　明専寺住職の調停で　弟と和解

亡父の遺産半分が私のものに　耕作は小作人にまかせ

俳諧指導によって暮らす生活に入る

形成されつつあった北信濃の一茶社中（長野・浅野・長沼・毛野・古間・高井野・湯田中・六川・中野・野尻）を巡回

七五日間病臥

六月一八日から善光寺の門人上原文路宅で

デキモノを病み　九月初めまで七五日間病臥

長き夜や心の鬼が身を責《せめ》る　七番日記　文化一〇年

かな釘のやうな手足を秋の風　句稿消息　志多良　文化一〇年

病後

ゑ《え》いやつと活《いき》た所が秋の暮　句稿消息　七番日記　文化一〇年

活《いき》て又逢ふや秋風秋の暮　句稿消息　七番日記　文化一〇年

九月五日　文路宅から長沼に移り　九月一九日ごろ柏原に帰る　が

一〇月二日　再び長沼に滞在し

門人・魚淵《なぶち》の勧請した桃青霊神《とうせいれいしん》（寛政三年に芭蕉に贈られた名）の法楽歌仙《ほうらくかせん》を巻く

一〇月一三日　長野に米騒動が起きる　等の中
一〇月二七日　流山の大親友秋元双樹没

秋元双樹　との別れ

秋元双樹
　味醂の開発者とは　驚きだが
西国行脚から帰った後　本当に世話をしてくれた　私を理解してくれた
享和三年から　始まった交流
双樹が留守でも　双樹の家に泊り
双樹が江戸に　来たときは　私の庵に泊り
散策をし　連句をし　私の苦しみ　淋しさを癒してくれた
私の遺産問題　俳諧の道　花嬌の死の淋しさの理解者
感謝あるのみ

思えば　昨年（文化九年）三月

翌《あす》は又どこぞの花のひとならん　双樹

川なら野なら皆小てふ也　一茶

連句したのが　最後だったな

大切な人が　次々いなくなる

其翠桜松井没

五月一六日　日本橋久松町の親友其翠桜松井没

其翠桜松井：葛飾派の俳人で兄弟子格　葛飾派を離れても　彼は私を庇護してくれた　本職は商人

文化年間から急速に親密になり　文化八年には年間一二七日松井宅に滞在した

松井没後も松井遺族との交流は続いた

長月庵若翁没

一二月八日には　長月庵若翁が柏原本陣中村家で客死　享年八〇歳
『たびしうゐ』に「菊の虫妹に取らせて夕涼み」
『三韓人』に「梅がゝや門よりおくの長い事」が収載

湯田中

一〇月末　湯田中（長野・山の内町）の門人湯本希杖《きじょう》を訪ねる
淋しさ癒すため
ここは私にとって　身も心も温まる場所
文化九年以降は　しばしば滞在することに
湯本希杖・其秋（其翠）親子は門人

我庵

文化一〇年という年は　三八三日のうち　家にいたのは七五日のみ

それでも　我が庵がある　帰る所があるのは　寂しくてもいいことだ
帰住後　ゆっくり眠れて涼しいが淋しい

大の字に寝て涼しさよ淋しさよ　七番日記　文化一〇年

おく信濃に浴《ゆあみ》して
下々《げげ》の下々《げげ》下々《げげ》の下国の涼しさよ　志多良　七番日記　文化一〇年

夕涼みしながら　考える　芭蕉翁の名のお陰で今がある

芭蕉翁の臑《すね》をかぢ《じ》って夕涼《ゆふすずみ》　七番日記　文化一〇年

大の字になった足先から　雲がもむくむく湧いている　雲の峰だ

投出した足の先也雲の峰　七番日記　志多良　文化一〇年

その山を　悠然と眺めている　一茶蛙だ

ゆ《い》うぜんとして山を見る蛙哉　おらが春　七番日記　文化一〇年

でも　寒くなると　貧乏が身に染みる
今の生き方でいいのか　耕しもせず　暮らしている
可愛い子どもの順礼　寒い秋風に打たれている　切ないな

古郷の生活もいろいろある　江戸と変わらない
あばら骨なでじとすれど夜寒哉　七番日記　志多良　文化一〇年
長き夜や心の鬼が身を責る　七番日記　文化一〇年
行先も只《ただ》秋風ぞ小順礼　七番日記　文化一〇年
寒さに飛べなくなった蛍　それは私かな
秋風に歩行《あるい》て逃る蛍哉　七番日記　志多良　文化一〇年
古郷の秋　心の寒さ　身に詰まる
かな釘のやうな手足を秋の風　句稿消息　志多良　文化一〇年

秋

露ちるやむさい此世に用なしと　句稿消息　七番日記　文化一〇年
我庵《いほ》は露の玉さへいびつ也　七番日記　文化一〇年
鳴な雁どつこも同じうき世ぞや　七番日記　文化一〇年
江戸では
隅田川の流れを　尻で遊んでいる蜻蛉　素晴らしい

蜻蛉《とんぼう》の尻でなぶるや角田川　　七番日記　文化一〇年

都の戯けが雪だと大喜びするよ　行け行け雪　江戸へ

雪行けく都のたはけ待《まち》おらん《を》　　七番日記　文化一〇年

雪も　ふうわりふわり　いいもんだ

むまさうな雪がふうはりふはり哉　　七番日記　句稿消息　文化一〇年

炭がぱちぱち音を立てている　やっと炭不足の悩みは消えた

朝晴《あさばれ》にぱちくく炭のきげん哉　　七番日記　文化一〇年

夜は餅を焼く　配り餅は来なかったが

庵《いほ》の夜は餅一枚の明り哉　　七番日記　文化一〇年

我宿へ来さうにしたり配り餅　　七番日記　句稿消息　文化一〇年

節分

六十の坂を越《こゆ》るぞやつこらさ　　句稿消息　七番日記　文化一〇年

喰《くつ》て寝てことしも今《こ》よひ一夜哉　　七番日記　文化一〇年

とく暮れよことしのやうな悪どしは　　七番日記　文化一〇年

五二歳　文化一一年（一八一四）

一一月　江戸俳壇引退記念集『三韓人』を出版

正月　我庵

我庵で　正月を迎えたうれしさ

あれ小雪さあ元日ぞ〳〵　七番日記　文化一一年

又ことし娑婆《しゃば》塞《ふさぎ》なる此身《このみ》哉　七番日記　文化一一年

あつさりと春は来にけり浅黄空《あさぎぞら》　七番日記　浅黄空　文化一一年

我春も上々吉よけさの空　七番日記　文化一一年

正式に　家を持つ

二月二一日　母方の宮沢徳左衛門らの立ち合いで　弟と生家を半分に分ける

我里はどうかすんでもいびつ也　七番日記　句稿消息　文化一一年
気に入た桜の陰もなかりけり　七番日記　句稿消息　文化一一年
でも　我が家がある　村もわが村　子どもが　仲良く遊ぶ春　暖かい春風
雪とけて村一ぱいの子ども哉　七番日記　文化一一年
ぼた餅や地蔵のひざも春の風　七番日記　おらが春　文化一一年
春風や小藪小祭小順礼　七番日記　文化一一年
実は　私も花より団子がいい
有様《ありやう》は我も花より団子哉　七番日記　文化一一年

そして
五二歳　初めて妻帯
四月一一日　赤川（信濃町）の常田久右衛門の娘きく（二八歳）と結婚
常田家は母の実家宮沢家の親戚

帰る場所に待つ人がいる　喜び　大きいぞ　有頂天だ
五〇歳の聟《むこ》　はずかしい　祝いの扇で顔を隠そうと思ったのに
真っ白になった頭を隠してしまった

千代の小松と祝ひはやされて、行すゑの幸有らん迚《とて》、隣々へ酒ふるまひて

五十聟天窓《あたま》をかくす扇かな　　真蹟　文化一一年

有頂天になって頭をぶっつけるなよ　ほととぎす　一茶ヨ

五十年一日の安き日もなく、ことし春漸《やうや》く妻を迎へ、我身につもる老を忘れて、凡夫の浅ましさに、初花に胡蝶の戯るゝが如く、幸あらんとねがふことのはづかしさ、あきらめがたきは業のふしぎ、おそろしくなん思ひ侍りぬ

三日月に天窓《あたま》うつなよほとゝぎす　　真蹟　七番日記　文化一一年

妻帯しても貧乏だけれど　妻も貧乏に馴れ　一緒に夕涼み

世に飽いたなんて顔をしながら　衣替えもして　さわやか

藪《やぶ》むらや貧乏馴《なれ》て夕すずみ　　七番日記　文化一一年

人らしく更《か》へもかへけり麻衣　　七番日記　文化一一年

世に倦《あい》た顔をしつゝも更衣　　　七番日記　文化一一年

江戸　関東へ別れ

古郷に帰住し　家庭も持った
一茶社中も順調　　北信濃で俳諧師として生きて行く
江戸・関東へ別れを告げるため
八月二日　江戸に出て　日暮里本行寺（一瓢の居る寺）着
八月一六日から　江戸　流山　守谷　布川　馬橋　房総　歩きまわる
西林寺を訪ね　鶴老と連句

世につれて花火の玉の大きさよ　　　一茶
　　船にめしたる十六夜の月　　　鶴老　株番

その間　訃報はあり
八月二一日　松山の栗田樗堂没　享年六六歳
一二月一七日江戸を立ち　二五日帰郷した

家庭　虫の世界　世の様子　句ができる

古郷の私　蝿蚊と同じ叩き出される
その蝿蚊を叩く毎日　言いようがないな

方〱《はうぼう》から叩き出されて来る蚊かな　七番日記　文化一一年
蝿一ツ打てはなむあみだ仏哉　七番日記　句稿消息　文化一一年

蝸牛も私・一茶　私の号のひとつは蝸牛庵だよ

蝸牛《かたつむり》見よ〱おのが影ぼふし　七番日記　句稿消息　文化一一年
並んだぞ豆つぶ程な蝸牛　七番日記　句稿消息　文化一一年

家族っていいな

足枕手枕鹿のむつまじや　七番日記　文化一一年

こんな田舎でもばくち　きりぎりすは銭を平気で踏んでいる

野ばくちや銭の中なるきり〱す　七番日記　文化一一年

古郷の冬

栃《とち》の子やいく日転《ころ》げて麓迄《ふもとまで》　七番日記　発句題叢　文化一一年

はつ雪やといへば直《すぐ》に三四尺　七番日記　文化一一年

逞しい男の中の男がいるよ

大根引大根で道を教へけり　七番日記　文化一一年

年をとっても　大変だ　でもたくましい

扨《さて》ても〳〵六十顔のせ［つ］き候　七番日記　文化一一年

五三歳　文化一二年（一八一五）

歩きまわる日々

年はじめ　病に罹ったが

癒えるや否や歩きまわる日々

北信濃地方の門人たちの間を巡り歩いて　俳席を共にする
　ねはん像銭見ておはす顔も有　　　七番日記　文化一二年
　おらが世やそこらの草も餅になる　　七番日記　文化一二年
　鶯や此《この》声にして此山家《やまか》　　　七番日記　文化一二年
天下泰平というが　これでいいのか
　天下泰平と居並ぶ蛙かな　　　　七番日記　文化一二年
　大御代《おほみよ》や野梅《のうめ》のばくち野雪隠《のぜっちん》　七番日記　文化一二年
七月　長沼で「月花会」再興
八月までで　在庵八一日　他郷は百廿九日　内四一日長沼（魚淵宅）
さらに
九月『一韓人』『あとまつり』出版のために　またまた江戸へ
九月一五日～一二月一九日　江戸　馬橋　流山　市川　布川　守谷　馬橋　江戸
と　廻り歩く

浅草寺

さむしろや銭と樒《しきみ》と陽炎と　七番日記　文化一二年

裏店《うらだな》に住居《すまひ》して

涼風の曲りくねつて来たりけり　七番日記　文化一二年

たくましい　金儲けを目の当たりにしたり

人の世の銭にされけり苔清水　七番日記　文化一二年

堂守りが茶菓子売也木下闇《こしたやみ》　七番日記　文化一二年

でも　貧乏な一人旅人だよ　私は

独旅

次の間の灯《ひ》で飯を喰ふ夜寒哉　七番日記　文化一二年

綿弓やてん〱天下泰平と　七番日記　文化一二年

貧乏神巡り道せよ綿むしろ　七番日記　文化一二年

蝦夷も日本　徳川の管轄に入ったか

ゑ《え》ぞ鱈《たら》も御代の旭《あさひ》に逢にけり　　七番日記　文化一二年
枯れ菊を踏み荒らす雀は　小憎らしい　小憎らしい私を見るようで
枯菊に傍若無人の雀哉　　七番日記　文化一二年

一二月八日　日本橋の松井宅で大酔　ねぼけて板の間に小便をする失敗もあり
一二月二一日江戸を立って　柏原へ向かう

旅人の覚悟

古郷を思いながらも　どこで新春を迎えても良いとする旅人の覚悟をする
結婚できたから　信濃も花の信濃になった　古郷には冷たい人も多いが
寝た所《とこ》が花の信濃ぞとしの暮　　七番日記　文化一二年
そして　古郷に巣がある　妻が待つ　きくが待っている
古郷や貧乏馴れし女郎花　　七番日記　文化一二年

二八日帰郷

五四歳　文化一三年（一八一六）

この年刊「正風俳諧名家角力組」（番付）に世話人として登載
松宇編『杖の竹』魚淵編『あとまつり』の出版

正月　我庵

我庵で正月
正月元旦の作

こんな身も拾ふ神ありて花の春　　七番日記　文化一三年

春駒の歌でとかすや門の雪　　七番日記　文化一三年

仲良く親子が　雨の中　苗代を眺めている　いいなあ

苗代や親子して見る宵の雨　　七番日記　文化一三年

蛙の戦い　一茶の継母との戦い　痩せた方を応援だ　がんばれ

痩蛙まけるな一茶是に有　　七番日記　浅黄空　文化一三年

春　菜の花いっぱい

なの花の中を浅間のけぶり哉　　七番日記　文化一三年

なの花にむし《蒸》つぶされし小家哉　　七番日記　句稿消息　文化一三年

春　鳥が梅の木にとまっている　鶯のつもりか　鳥よ

梅の木にじ《ぢ》だゝん《んだ》を踏鳥哉　　七番日記　文化一三年

蛙の季節になったなあ　旅を続け四〇年　生まれた家で月を見るなんて
夢のようだ

山吹や先《まづ》御先へととぶ蛙　　七番日記　文化一三年

漂泊四〇年

ふしぎ也生た家でけふの月　　七番日記　文化一三年

長男千太郎誕生から没まで

四月一四日　長男千太郎誕生

可愛いな　心が躍る　早く大きくなれ　早く大きくなれ
健やかに大きくなれ　初袷がつんつるてんになる迄に大きくなれ

小児の成長を祝して

たのもしやてんつるてんの初袷　　七番日記　文化一三年
一日も早く憎まれ口をたたいて　小憎らしいほどの振る舞いをするようになれ

千太郎に申

はつ袷にくまれ盛《ざかり》にはやくなれ　　七番日記　文化一三年
いっぱい　いっぱい　願いを込めたのに
五月一一日　千太郎は　短い一生を終えた
人生は　霧のように儚いと心得てはいるが　それでも……
千太郎　追悼句

露の世は得心ながらさりながら　　七番日記　文化一三年

妻きくの不満

子どもの死　じっとして居られない　さびしくて
きくを残して旅に出て　句を詠むことで　心を癒す
きくは　我が庵に　落ち着かず旅に出る私に
子を失ってたまらなく淋しいのに
言いようのない不満を持ち　険悪にもなった
貧乏で米櫃が空っぽ　主のいない家で待つ妻が泣いている

百日他郷
かはほりが中で鳴けり米瓢《ひさご》　　七番日記　文化一三年

が　何とか落ち着いた

瘧　発症も頑張る
七月八日　豊野町浅野の西原文虎宅で
瘧《おこり》（隔日または毎日一定時間に発熱する）にかかる
七月一〇日　病気をおして　長沼の門人松井松宇宅へ行き『杖の竹』清書

歩いて詠むのが私の仕事　暮らしの基

蚊に喰われるってことは　まだ若いのだ　めでたいと喜んでみたり
目出度さはことしの蚊にも喰れけり　七番日記　文化一三年
ナムア、と大口明けば藪蚊哉　七番日記　文化一三年

人様より偉い馬だ　侍にやかましい蠅を追わせている
武士《さむらひ》に蠅を追《おは》する御馬哉　七番日記　文化一三年

飛ぶのが下手な蚤はつぶしやすい　可愛いものだ
飛下手の蚤のかわ《は》いさまさりけり　七番日記　文化一三年

きりぎりす　寝返りするから　そこのけよ　つぶされるぞ
寝返りをするぞそこのけ蛬《きりぎりす》　七番日記　文化一三年

閏八月一二日『杖の竹』編集終わる

変わらない　継子意識・ひとりぼっち感

渋柿をはむは烏のまゝ子哉　　七番日記　文化一三年
しぐるゝは覚《悟》期の前かひとり坊　　七番日記　文化一三年

関東へ　夏目成美没　皮癬発症

松宇編『杖の竹』魚淵編『あとまつり』（一茶後見）の出版と
関東の旧知への　最後の挨拶のため　江戸へ
一〇月　西林寺で　**翁忌やなにやらしゃべる門雀**　と詠むが
一一月一四～二六日　馬橋　流山　布川を巡っている途中
一一月一九日　夏目成美没（享年六八歳）の報あり
成美あればこそ　今の自分がいる
成美は乞食同然の一茶雀を本当に大切にしてくれた
もう全身の力がなくなって歩けない
その哀しみを　魚淵宛に手紙をかいた

随斎旧迹

霜がれや米くれろとて鳴雀

雪がれにとろとろセイビ参り哉　　魚淵宛書簡

またひとり　大切な人が亡くなった

心の中・北壁に　冷たい風が吹きつける　心に痛みが染み通る

北壁《きたかべ》や嵐《あらし》木《こ》がらし唐がらし　　七番日記　文化一三年

イタミ

君なくて誠に多太（田）の木立哉　　七番日記　文化一四年

この頃から皮癬《ひぜん》発症　翌春まで苦しむのだが

一二月四〜二〇日　ふたたび守谷　布川　馬橋　江戸　馬橋とめぐり

西林寺へ

一二月二二日　皮癬（皮膚病）改善なく

友人鶴老が住職をつとめる守谷西林寺に入り年越しすることに自分の旅を振り返る

雁よ雁いくつのとしから旅をした　　七番日記　文化一三年

五五歳　文化一四年（一八一七）

一二月二二日　田川鳳朗《たがわほうろう》著『正風俳諧芭蕉葉ぶね』（一茶校合）

一二月　鶯笠（鳳朗）編・一茶校合『正風俳諧葉ぶね』刊

西林寺で迎春

守谷の西林寺で迎春

我庵は昼過からが元日ぞ　　七番日記　文化一四年

影ぼしもまめ息才《災》でけさの春　　七番日記　浅黄空　文化一四年

影法師のような私だが皮癬よくなり　元気に新年を迎えたよ

でも

一月二日には　寛政期ごろより庇護してくれた毛野の可候没

江戸・下総。上総・安房・常陸行脚

一月二四日　馬橋へ移り　二八日江戸に入る
一月　本行寺の一瓢を訪ね
（彼は二月八日江戸を去り　伊豆玉沢妙法華寺に移る）
その後　江戸隅田川で花見「奇方」（治方刷物）版下を書いたりしながら
下総〜上総・安房　常陸地方行脚
五月五日富津の大乗寺に泊り　花嬌の墓に　句を捧げた

露の世は得心ながらさりながら

花嬌よ　これからは信濃の空から天の川眺めるよ　さらば
六月二七日　江戸を去る

さらば江戸　北信濃へ

中山道軽井沢で

軽井沢春色

笠でするさらば〳〵や薄がすみ　七番日記　文化一四年

江戸・関東への最後の別れをつげた

七月四日帰郷　北信濃一帯を巡り歩く

以後　北信濃から出ることはなかった

北信濃の四季　世の動きを詠む　ただ詠み続ける

とく《疾》とけよ貧乏雪とそしらるゝ　七番日記　文化一四年

涼まんと出れば下に〳〵哉　七番日記　文化一四年

明がたに小言いひ〳〵行蚊哉　七番日記　文化一四年

たばこ盆足で尋る夜寒哉　七番日記　文化一四年

姥捨た奴も一つの月夜哉　七番日記　文化一四年

世がよいぞはした踊も月のさす　七番日記　文化一四年

しなのぢやそばの白さもぞっとする　七番日記　文化一四年

ウス壁にづんづ《ず》と寒が入《いり》にけり　七番日記　文化一四年

雪ちるやしかもしなの、おく信濃　七番日記　文化一四年

煎餅《せんべい》のやうなふとんも気楽哉　七番日記　文化一四年

親犬が尻でうけけり雪礫　七番日記　文化一四年

わんといへさあいへ犬もとし忘れ　七番日記　文化一四年

Ⅸ　文政期　～北信濃生活　喪失　終焉まで～

五六歳　文政元年（一八一八）

三月からの句校『だん袋』（文政六年までの句あり）をつくる

一月　長沼　一月　湯田中の希杖を訪ねる

長女さと誕生

五月一四日　長女さと誕生

可愛いな　うれしいな　可愛いな　うれしいな

そしてまあ　母親とはすごいものだな

こぞの夏　竹植る日のころ、うき節茂きうき世に生れたる娘……閨《ねや》に泣声するを目の覚る

相図とさだめ、手かしこく抱き起して、うらの畠に尿《しと》やりて、乳房あてがえば、すハ〳〵吸ひながら、むな板のあたりを打たたきて、にこ〳〵笑ひ顔を作るに、母ハ長々胎内のくるしびも、日々襁褓《むつき》の穢《きたな》らしきも、ほと〳〵忘れて、衣のうらの玉を得たるやうに、なでさすりて、一入《ひとしほ》よろこぶありさまなりけらし

蚤の迹かぞへながらに添乳《そへぢ》哉　　おらが春　七番日記　文政元年

母親とは　やさしいなあ

蚤の跡吹て貰てなく子哉

かわいい娘　優しい母に甘えている　本当にかわいい

来年から二歳になるのだ　喜びを　暮れに詠んだ　早く大きくなれ

想いを込めて

二ツ子にいふ

這へ笑へ二つになるぞけさからは　　七番日記　おらが春　文政元年

北信濃生活

八月三日　戸隠山に参詣　子の成長を心から祈る
九月　善光寺の門人上原文路の『おらが世』（未刊）の編集　出版に奔走
九月九日　信州佐久郡の人が　短冊を乞う　代百文
歩きまわりながらも　句を詠む　諸国の情報にも気を配るのは　同じ
北信濃での日々四季を詠む　いい所だ　古郷だ　私の栖
こうしていることが　暮らしなのだ

善光寺
開帳に逢ふや雀もおや子連　七番日記　文政元年
山焼の明りに下る夜舟哉　七番日記　文政元年
髭前《ひげさき》に飯粒つけて猫の恋　七番日記　文政元年
なまけるなイロハニホヘト散桜　七番日記　文政元年
ざぶくと白壁洗ふわか葉哉　七番日記　文政元年
木曽山に流入けり天の川　七番日記　文政元年
外の世界も　まんざらではないよう

人に花大からくりのうき世哉　七番日記　文政元年

日本の外ケ浜迄おち穂哉　七番日記　文政元年

しかし　まあ頭の毛はなくなったなあ　頭の寒さも　おかしな寒さ

自像

ひいき目に見てさへ寒き天窓《あたま》哉　七番日記　文政元年

五七歳　文政二年（一八一九）

閏四月　幕府の財政窮迫

一月『八番日記』（文政四年まで）を成す（執筆）

『おらが春』はこの年一年間の句文集

『大叺《おおかます》』この年から文政四年に及ぶ長沼連との作品控え

『方言雑集』（文政一〇年まで）をつくる

新年

から風の吹けばとぶ屑屋ハくづ屋のあるべきやうに、門松立てず煤はかず、雪の山路曲り形《な》りに、ことしの春もあなた任せになんむかへける

目出度さもちう位也おらが春　おらが春　文政二年

で明けた年

のんびりと歩く　北信濃

のんびりと　北信濃歩きながら　句を詠んでいた

春だなあ

名代にわか水浴《あび》る烏かな　おらが春　八番日記　文政二年

長閑《のどか》さや浅間のけぶり昼の月　八番日記　文政二年

鍋の尻ほし並《ならべ》たる雪解哉　八番日記　文政二年

畠打や子が這ひ歩くつくし原　八番日記　文政二年

ざく〳〵と雪かき交ぜて田打哉　八番日記　文政二年
静かな　春の日

かすむ日やしんかんとして大座敷　八番日記　文政二年
雀に呼びかける　子どもにかえり

雀の子そこのけ〳〵御馬が通る　おらが春　八番日記　文政二年

我と来て遊べや親のない雀　おらが春　文政二年
草むらからあんな可愛い蝶が生まれるのだ

葎《むぐら》からあんな小蝶が生れけり　八番日記　浅黄空　文政二年
御仏はいいな　寝ていても　花と銭がいっぱい貰える

御仏や寝てござつても花と銭　八番日記　文政二年
優しい母

小金原

母馬が番して呑す清水哉　おらが春　八番日記　文政二年
すごいぞ　蟻の行列

蟻の道雲の峰よりつゞきけり　　八番日記　文政二年
幸せだな尻を枕において　月を眺められる
寝むしろや尻を枕に夏の月　　八番日記　文政二年

しかし　いいことは続かない
苦の娑婆や桜が咲ば咲いたとて　　梅塵本八番日記　文政二年

長女さと没　孤独感

長女さと
昨年　文化一五年（四月二二日から文政元年）五月一四日誕生したさと
すくすく育っていたはずが
そのさとが　文政二年六月二一日　疱瘡に罹り　二一日没
二歳になったばかりに
終に六月廿一日の蕣《あさがほ》の花と共に、此世をしぼミぬ。母ハ死貌《しにがほ》にすがりて、よゝ、よゝ、泣もむ

べなるかな。この期に及んでハ、行水のふたたび帰らず、散花の梢にもどらぬくひごとなど
あきらめ貌《かほ》しても、思ひ切がたきハ恩愛のきづな也けり

露の世ハ露の世ながらさりながら　おらが春　文政二年

この世を露の世と悟っていても、娘の死は納得できない
悟ることができない　無念で無念で　叫びたい　さとさとさと……

「サト女此世ニ居事《あること》四百日、一茶見新《親》百七十五日命ナル哉今巳ノ刻没」（八番日記）

さとを弔う念仏のために芒を折って　敷いて座るのも哀しく空しい

七月七日墓詣

一念仏《ひとねぶつ》申だけしく芒哉　おらが春　文政二年

季節は夏だが、こころは秋
子どもを連れて通った道を今は一人で通ると　壁に書き付けた

納骨の日　連れにはぐれて

一人通ると壁にかく秋の暮
露の身の一人通るとかくはしら

八番日記　おらが春　文政二年六月二七日

さとの卅五日墓参の日　曼殊沙華が咲いている
さとはあの赤い花曼殊沙華を　小さな手で楽しそうに　むしっていたなあ
さとは今は天上で　むしっているのかなあ
可愛いしぐさをおもいだし　胸がつまる　涙があふれでるばかり

さと女卅五日　墓

秋風やむしりたがりし赤い花

おらが春　文政二年

さとは早世してしまった　何につけ可愛かったさとを思い出す
ことし初めてなった瓜を手でしっかりにぎって寝た子どもよ

初瓜を引《ひっ》とらまい《へ》て寝た子哉

八番日記　おらが春　文政二年

さと女笑顔して夢に見へけるまゝを

頬べたにあてなどしたる真瓜《まくわ》哉

おらが春　文政二年

夢にさと女を見て

頬べたにあてなどするや赤い柿　　八番日記　文政二年
お月見に供えた膳　這ってくる子どもが　生きていればなあ
さとはもういない　寂しく空しい

名月や膳に這《はひ》よる子があらば　　八番日記　文政二年
衣替えして　座ってみてもたったひとりにかわりないなあ
もうさとはいない

衣替えでさっぱりするどころか　なお淋しい
衣《きぬ》替て居《すわつ》て見てもひとりかな　　八番日記　文政二年
さとよ　蛍になって帰って来いよ　涙で　白い露をいっぱい　つくったから

蛍来よ我拵《こしらへ》し白露に　　八番日記　文政二年
私は　さとのいなくなった悲しさ　じっとして居られない
妻も子も泣いて私を待っているだろうけど
北信濃歩いている　蟾一茶は

蟾《ひき》どの、妻や待らん子鳴らん　八番日記　文政二年

さとはいなくなった　淋しいな
大きな喪失感は孤独感を強める　寂しいな

この年暮れには　仕方ない　仕方ない
ともかくもあなた任せの年の暮　おらが春　文政二年
と詠んだ

さとを亡くした後も　家にいることは少く

北信濃　行脚
七月三日から　瘧《おこり》を病むが　癒えれば
やはり　北信濃一帯の門人宅を　歩き回って　俳諧指導し句を詠む

江戸屋敷

馬迄も萌黄《もえぎ》の蚊屋に寝たりけり　　八番日記　文政二年

なのに　ここでは

旅から帰ったばかりの馬が　休む間もなく田植え馬に

只《たつ》た今旅から来しを田植馬　　八番日記　文政二年

子どもの危険を察知してか　大声を上げて子の元へ帰る親鵜

子もちう《鵜》が大声上げてもどりけり　　八番日記　文政二年

子どもは　すごい模倣能力を持っている　気をつけろ大人ども

鵜の真似は鵜より上手な子供哉　　おらが春　文政二年

痩せ老いた蛍一茶　ふわりふわりと生きているよ

痩蛍《やせほたる》ふはり〱とながらふも　　八番日記　文政二年

大蛍ゆらり〱と通りけり　　八番日記　おらが春　文政二年

古郷の人々の目は　やはり温かくはない

心に思ふことを

古郷は蠅迄人をさしにけり　　おらが春　文政二年

五八歳　文政三年（一八二〇）

太笻《たきょう》編『俳諧発句題叢』に私の句が多数収載　やはりうれしい
松代の離山《はなれやま》神社に一茶・武曰《ぶえつ》・虎杖《こじょう》・八朗《はちろう》選の俳額が奉納
一一月一一日　江戸の豊島久蔵宛て　門人たちの出版への抱負を書く
　文路が『おらが世』　春耕が『菫塚』　素鏡が『種飾《たねぶるい》』等々
一二月　一茶俳文の代表作「俳諧寺記」執筆

正月
北国や家に雪なきお正月　　八番日記　文政三年

一月　太笻来訪

次男石太郎誕生　中風発症

一〇月五日　次男石太郎誕生　元気に育ってくれと願うのみ
一〇月一六日　雪道で転び　中風を発病　言語に障害をもつが回復

句作は続く

三歳で親を亡くしたのは同じだが　一茶は光らない蛍だな

きりつぼ　源氏三つのとし、我も三つのとし母に捨てられたれど

孤《みなしご》の我は光らぬ蛍かな　八番日記　文政三年

とんぼは　遠くの山を目に移している　すごい目だ

遠山が目玉にうつるとんぼ哉　八番日記　文政三年

七つぐらいの順礼が鬼灯を鳴らして歩いて行く　可愛いが可哀そう

鬼灯《ほほずき》や七ツ位の小順礼　八番日記　文政三年

蝦夷の情報は　松窓乙二（仙台藩医）から　届く

芭蕉忌やヱゾ《蝦夷》にもこんな松の月　八番日記　文政三年

信濃路は　さすが　何が何でも雪が降る　すごい意地っ張り

しなのぢや意地にかゝつて雪の降　八番日記　文政三年
暖かい炬燵に入って　ずぶ濡れで外を行く大名行列をながめてる
大名も侍もまあ可哀そう
づ《ず》ぶ濡《ぬれ》の大名を見る巨《炬》燵哉　八番日記　文政三年

五九歳　文政四年（一八二一）

一月　中風回復の文を執筆
二月二五日　紫（高山村）の高井野の天満宮に一茶揮毫の俳額が奉納
（同地の門人たちによる　一茶自筆半歌仙の木額）
四月　善光寺に一茶・松風・芝山・白斎《はくさい》選の俳額が奉納
　北信牟礼村新井の梅枝が催主　額は白斎筆
この年の「俳諧士角力番組」（番付）（黒白山人著）に
　別格の差添役「信州　一茶」で登載

これは　当代第一流の評価に値

新年

ことしからまふけ遊ぞ花の娑婆　八番日記　文政四年

中風から回復した喜び　苦の娑婆でも儲けものと思って遊んで暮らそう

などと　のん気にかまえていたが　またまた不幸が

二男石太郎没　一七日墓詣

文政三年（一八二〇）一〇月五日　二男石太郎誕生　喜びも束の間

文政四年　一月一一日　母の背で窒息死

もう一度だけ　せめて目を開けて見な

目の前に雑煮の膳がある　まだ湯気が立ってるよ

目を開けろ　石太郎　目を開けろ　石太郎

もう一度だけ　せめて目を開けて見な　目の前に雑煮の膳があるのだから

かゞみ《鏡》開きの餅祝して居《すゑ》へたるが、いまだけぶりの立けるを
最《も》う一度せめて目を明け雑煮膳《ざふにぜん》　真蹟　文政四年

石太郎は食い初めのときを迎え　雑煮を食べるはずだったが
正月一一日の鏡開きの日に他界してしまった
母のきくが背負って窒息死させたのだ
生まれて九六日目なのに
「朝とく背おひて負ひ殺しぬ」と
きくを痛烈に非難してしまった
あまりに不幸な事故に　怒りの矛先をきくに向けた
きくも自分の責任と自分を責めているだろうに
陽炎《かげろう》がゆらめき　わが目につきまとう子どもの笑い顔
無邪気な笑い顔が目から離れない

一七日墓詣

陽炎や目につきまとふわらひ顔　真蹟　八番日記　文政四年

石太郎も生きていて親子三人「川の字」に寝ている　幻想を抱いてしまう

蝶見よや親子三人寝て暮らす　八番日記　文政四年

可愛そうに石太郎は

「三七日／九十六日のあひだ雪のしらじらしき寒さに逢ひて、此世の暖さしらず

仕廻ひしことのいたいたしくせめて今頃迄も居たらんには」

石太郎が生きいて　暖かい季節になれば

赤い花をゆびさして　欲しがるだろうな

盆踊り　一緒に踊れたろうに

赤い花こゝらくとさぞかしな　風間本・梅塵本八番日記　文化四年

石太郎此世にあらば盆踊　梅塵本八番日記　文化四年

と哀しみが募る

句作は続く

打ってくれるなと　蝿が頼んでいる　手を足をすり合わせて
蝿は　やかましくうるさい　でも　この姿は叩けない
自分が古郷に打ってくれるなと　頼んでいる私の心の姿だ

やれ打《うつ》な蝿が手をすり足をする　梅塵本八番日記　文政四年

負けると　大げさにばか笑いしてしまう　むなしい気持ちで

負角力むりにげたくく笑けり　八番日記　文政四年

蘭の蚊屋に寝ると　異国へ行って異国の三日月を観ているようだ

蘭のかや異国のやうに三ケの月　八番日記　文政四年

六〇歳　文政五年（一八二二）

『文政句帖』（文政八年まで）を執筆
『まん六の春』（稿本）（この年一年間の句文集）を成す

一二月「温泉之記」執筆

正月

正月に晴れ着をきて　ごろごろしているうれしさ
満六〇歳になったぞ　門の雪ヨ

正月やごろりと寝たるとつとき着　文政句帖　文政五年

まん六の春と成りけり門の雪　文政句帖　文政五年

湯田中温泉にて

春風に猿もおや子の湯治哉　文政句帖　文政五年

三男金三郎誕生

三月一〇日　三男金三郎《こんざぶろう》誕生
昨年痛風発症したきくも　元気になりよく食べる

涼風や何喰はせても二人前　文政句帖　文政五年

北信濃生活

北信濃生活は続く　様々な情景がある

夜涼みや大僧正のおどけ口　　文政句帖　文政五年

鼻先にちるぶらさげて扇かな　　文政句帖　文政五年

何があっても　大河は静かに黙って流れている

行々し大河はしんと流れけり　　文政句帖　文政五年

よし切りやことりともせぬちくま川　　文政句帖　文政五年

野のなでしこは　勝手に見事に咲く

野なでしこ我儘咲《わがままざき》が見事也　　文政句帖　文政五年

どこへ行ってもよそ者　盆踊りの輪に加わることなく今迄来たな

六十年踊る夜もなく過しけり　　文政句帖　文政五年

一一月七日　湯田中温泉で

すごいばち使い　三味線引きながら　霰を掃く　すごい技

三絃《さみせん》のばちで掃きやる霰哉

文政句帖　文政五年

六一歳　文政六年（一八二三）

一月　過去をふりかえり凡愚に徹する文を執筆

七月　松窓乙二没　シーボルト着　江戸の青野太筇来

古典の抜き書き『俳諧寺抄録』（文政九年まで）を成す

文政五、六年頃発行の「正風俳諧師座定」（番付）では

別格勧進元「シナノ一茶」で登載

名声は当代を代表するものに

山岸梅塵《やまぎしばいじん》（中野）が　この頃入門

春立つや

過去をふりかえり凡愚に徹しようと思う
春立《たつ》や愚の上に又愚にかへる　文政句帖　文政六年

家族　離れ離れに　妻きく没
二月一九日　妻きく発病
私は　二人の世話ができず
四月一六日　金三郎を赤渋の富右衛門に預け　妻きくは実家へ
五月一二日　妻きく赤川の実家で没（享年三七歳）　法名：妙路

きくがいればなあ　いい月二人で眺められたのに
小言いふ相手もあらばけふの月　文政句帖　文政六年
小言いふ相手のほしや秋の暮　文政句帖　文政六年
小言いふ相手は誰ぞ秋の暮　文政句帖　文政六年
妻には　甘え　小言ばっかり言っていたなあ

ありがとう　きく

金三郎の衰弱を知り　富右衛門宅から中島の乳母に移したが
一二月二一日　栄養失調で死亡
「金三郎を憐む」文を執筆した
いいきれない淋しさむなしさ
露の世だ　あなた任せの世だが
淋しさ空しさ　癒されない

『俳諧寺抄録』の作成開始

しかし私は　学問が好き　この年文政六年からその死の直前まで
『俳諧寺抄録』と名付けた『万葉集』『古事記』など古典や漢籍　国学の書物の
抜き書きを作成し続けた

六二歳　文政七年（一八二四）

元旦の句

世の中をゆり直すらん日の始　　　文政句帖　文政七年

再婚　離婚

正月早々　友人に後妻のあっせんを依頼
五月　飯山藩士田中氏の娘ゆき（三八歳）と再婚　したが　八月　離縁

姥捨観月

月が綺麗な姥捨山　月の美しさを句に詠んでいたが
自分が年を取ると　姥捨て山の月は違って見えて来た

姥捨の伝説が　気になって
姥捨ての心境を考える日になる
八月一五日　雨の中　姥捨に観月に行った　雨では月が見えない
雨は捨てられた人　捨てた人の涙かな
月は姥を捨てた罪を許してくれるかな

姥捨《うばすて》た罪も亡《ぼろび》んけふの月　八番日記　文政二年
姥《をば》捨た奴はどこらの草の露　八番日記　文政三年

思えば　文化一二年の観月も雨だった

か丶る時姥捨《うばすて》つらん夜寒哉　七番日記　文化一二年
捨られし姥の日じ《ぢ》ややら村時雨　七番日記　文化一二年

文化一四年は　月が顔出したが

姥捨た奴も一つの月見哉　七番日記　文化一四年
秋風や翌《あす》捨らる丶姥《うば》が顔　七番日記　文化一四年
捨［ら］る丶迄とや姥《をば》のおち葉かく　七番日記　文化一四年

中風の再発

閏八月一日　長野の文路宅で中風が再発　言語に障害
知的活動は　衰えない

人の屑以下になり　ああ気楽
人の屑《くず》よりのけ《除》られてあら涼し　文政句帖　文政七年

負けたからって　草にあたるな
とが《咎》もない草つみ切るや負角力　文政句帖　文政七年

芭蕉翁　私の旅の皺　ご覧ください
旅の皺御覧候へばせを仏　文政句帖　文政七年

年をとっても　丈夫な人がいるものだ
大根を丸《まるた》でかぢ《じ》る爺《ぢぢい》哉　文政句帖　文政七年

六三歳　文政八年（一八二五）

五月　門人住田《すみた》素鏡《そきょう》の『たねおろし』を代選（翌年刊）。

年始め

元日や上々吉の浅黄空

浅黄空　文政八年

歩き続ける

歩行も　ままならず　一人では　暮らしが不自由
でも　竹駕籠で上原文路ら北信濃の門人宅を転々とする
知的活動は持続

けし（芥子）提《さげ》てけん嘩の中を通りけり

文政句帖　文政八年

捨てた身のはずなのに茅の輪を何度もくぐる　一茶だよ

捨た身を十程くぐるちのわ哉　　文政句帖　文政八年

大きな蛍が大きな火をともして　世が直るととんでいるが

世が直るなほるとでかい蛍かな　　一茶連句集（梅塵抄録本）文政八年

この世は無常となる鐘を　虫（私一茶含め）よくきけ

無常鐘蝿虫めらもよつくきけ　　文政句帖　文政八年

大きな利根川　小さな水馬がひとつすいすい泳ぐ　強いなあ　逞しい

刀禰川や只一ツの水馬《みずすまし》　　文政句帖　文政八年

独り　年を取る　淋しさひとしお

淋しさや西方極楽浄土より　　文政句帖　文政八年

淋しさに飯をくふ也秋の風　　文政句帖　文政八年

年の暮の美しい夜空　だがまあ年が暮れようが暮れまいが　かまわないが

うつくしや年暮《くれ》きりし夜の空　　文政句帖　文政八年大晦日

ア、ま、よ年が暮よとくれまいと　　文政句帖　文政八年大晦日

六四歳　文政九年（一八二六）

『たねおろし』刊行
この年も『文政句帖』と同体裁の句日記残したが伝わらなかった
門人湯本希杖の抄出本『文政九・一〇年句帖写』のみが伝わる
春　江戸横山町泉永堂版「諸国俳諧師番附」では
「西方諸国」の二番目に

三度目の妻帯

一人は不自由
八月　越後頸城郡二股村出身　柏原の小升屋の乳母だった宮下やを（三二歳）と
結婚　やをには倉吉（二歳）という連れ子あり
彼女は　よく世話をしてくれた

暑い夏は豊作だが　米がよくできると安くなる　農民は困る

穀値段どかくと下るあつさ哉　文政九・一〇年句帖写　文政九年

どちらにしろ　私は貧乏　草家に住んでいるのさ

先祖代々と貧乏はだか哉　文政九・一〇年句帖写　文政九年

名月に尻つんむける草家哉　文政九・一〇年句帖写　文政九年

六五歳　文政一〇年（一八二七）

八月小千谷片貝（新潟県）一ノ町の観音寺に一茶選の俳額が奉納

柏原大火

夕飯の膳《ぜん》の際《きは》より青田哉　文政九・一〇年句帖写　文政一〇年

などと　古郷でゆっくり　暮らしていたが

いつまでも　続かないのが安住か
閏六月一日　柏原大火で母屋類焼

土蔵暮らし

焼け残りの土蔵で仮住まい　それも悪くないか　家がないよりはまし

土蔵住居して

やけ土のほかり〱や蚤さわぐ　文政一〇年閏六月一五日付春耕宛書簡

その中　変わりなく北信濃　門人宅を泊り歩く

痩蚤《やせのみ》のかはいや留主《るす》になる庵　文政九・一〇年句帖写　文政一〇年

歩いてみると　死の予感

花の陰では寝ない　未来の死後の世界が恐ろしい

真黒な藪と見えしが寒念仏　文政九・一〇年句帖写　文政一〇年

耕《たがやさ》ずして喰《くら》ひ、織《おら》ずして着る体《てい》たらく、今まで罰のあたらぬもふしぎ也

花の影《陰》寝まじ未来が恐しき　文政九・一〇年句帖写　文政一〇年

一茶終焉

一一月八日　門人宅から帰り　一休みの日々
ある日　私はまた旅に出た　黙って静かに　旅に出た　上の上の上の国へ
一一月一九日午後四時ごろ　土蔵で没　法名「釈一茶不退位」

エピローグ

青い海　寄せては返す波の間に上総の星が呼んでいる
青田原のなか　父が居る
真間寺で　立砂が手を振る
曼殊沙華のなか　きくがさとが石太郎が笑っている

連なる山々　広大な海　大自然の中
みんな生きている
人から孑孑《ぼうふら》迄　みんな生きている　その世界で

なの花のとっぱづれ也ふじの山　　七番日記　株番　文化九年
湖に尻を吹かせて蟬の鳴　　七番日記　文化九年

投げ出した足の先也雲の峰　七番日記　志多良　文化一〇年

春雨や鼠のなめる角田川《すみだかわ》　志多良　句稿消息　文化一〇年

蜻蛉《とんぼう》の尻でなぶるや角田川　七番日記　文化一〇年

蟻の道雲の峰よりつゞきけり　八番日記　文政二年

孑孑《ぼうふら》が天上するぞ三ケの月　おらが春　文政二年

あとがき

ある人に　次は　一茶を書いてみたらと言われ
俳句なんて　まったくわからない私が　一茶ねえ
考えてみると
私の中の一茶は
雀や蛙の句　小さな虫たちへの優しい句
楽しくて可愛くてクスッと笑ってしまう句　を詠む人かな程度
ときおり　良寛様とダブルおじいさん

句集を読んでみて　何ということか
淋しさ　悩み　苦しみを　笑って耐える　人間一茶がそこにいた
自分風の五七五をつくろうと　苦悩する一茶がいた

生きとし生けるものの持つ喜怒哀楽を　見つめ表現する一茶がいた
するどい観察眼で
人が日常　感じては消していく心情を　表現する
悲しみや　怒りをも　クスッと笑い吹き飛ばしてくれる滑稽さで表現する
地べたに生きていた人
そして　学問へのあくなき探求心を持った人
日本の古典　漢籍　同時代の滑稽本　世話物本　本格的国学書等々
を読み続け　句作に活かしていた
晩年まで　古今集や万葉集　漢籍等読み返し　抜き書きを作成するすさまじさ

その一茶が　大好きだった角力
それだけでも　人の心情が表現される　だれにでもある気持ち
その角力の句一部を
特徴は　負け角力の句が勝ち角力二倍以上あることか

負角力其子の親も見て居るか　　寛政句帖　寛政四年

投られし土俵の見ゆるゆふべ哉　　享和句帖　享和三年

けふはとし毎の祭りなりとて、遠近群集す

草花をよけて居《すわ》るや勝角力　　文化三～八年句日記　文化四年

中野市（長野県）安源寺《あんげんじ》小内八幡神社《おうちはちまんじんじゃ》での作

ためつけて松を見にけり負角力　　連句稿裏書　文化四年

親ありて大木戸越《こゆ》る角力哉　　七番日記　文化八年

負角力むりにげたく〳〵笑ひけり　　八番日記　文政四年

笑ふては居《をら》れまいぞや負角力　八番日記　文政四年

投げられて起てげら〱角力哉　八番日記　文政四年

とが《咎》もない草つみ切るや負角力　文政句帖　文政七年

脇向きて不二を見る也勝角力　文政句帖　文政七年

妹が顔見ぬふりしまけ角力　文政句帖　文政七年

老角力勝《かて》ばかつとて憎まるゝ　文政句帖　文政七年

年寄りをよけて通すや角力取　文政句帖　文政七年

まけ角力直《すぐ》に千里を走る也

文政句帖　文政八年

参考資料

『小林一茶　時代を詠んだ俳諧師』　青木美智男　岩波新書　二〇一三年

『父の終焉日記　おらが春　他一篇』

矢羽勝幸校注　岩波文庫　二〇一八年第四版

『一茶句集』　小林一茶　玉城　司訳注　角川文庫　二〇二〇年第四版

『全集日本の歴史　別巻　近世庶民文化史日本文化の原型』

青木美智男　小学館　二〇〇九年

著者プロフィール
藤田 恭子（ふじた きょうこ）

1947年、福井県生まれ。
1971年、金沢大学医学部卒業。

■著書
詩集『見果てぬ夢』（2011年） 詩集『宇宙の中のヒト』（2015年）
『斜め読み古事記』（2016年） 詩集『ちいさな水たまり』（2018年）
詩集『オウムアムア』（2019年） 『斜め読み額田王』（2020）
『斜め読み小野小町』（2021）以上 文芸社
さわ きょうこ著として：
詩集『大きなあたたかな手』（2008年） 詩集『ふうわり ふわり ぼたんゆき』（2008年） 詩集『白い葉うらがそよぐとき』（2008年） 詩集『ある少年の詩』（2009年） 詩集『ちいさなちいさな水たまり』（2012年） 以上文芸社

斜め読み小林一茶

2021年7月15日 初版第1刷発行

著 者 藤田 恭子
発行者 瓜谷 綱延
発行所 株式会社文芸社
〒160-0022 東京都新宿区新宿1－10－1
電話 03-5369-3060（代表）
03-5369-2299（販売）

印刷所 株式会社フクイン

ISBN978-4-286-22754-2